A ROSA DO POVO

A ROSA DO POVO

CARLOS DRUMMOND DE ANDRADE

POSFÁCIO DE
AFFONSO ROMANO DE SANT'ANNA

nova edição

EDITORA RECORD
RIO DE JANEIRO • SÃO PAULO
2025

CONSELHO EDITORIAL
Afonso Borges, Edmílson Caminha,
Livia Vianna, Luis Mauricio Graña Drummond,
Pedro Augusto Graña Drummond,
Roberta Machado, Rodrigo Lacerda
e Sônia Machado Jardim

PROJETO GRÁFICO DE CAPA E MIOLO
Leonardo Iaccarino

FIXAÇÃO DE TEXTO
Edmílson Caminha

CRONOLOGIA
José Domingos de Brito (criação)
Marcella Ramos (checagem)

BIBLIOGRAFIAS
Alexei Bueno

IMAGEM DE CAPA
MirageC/Getty Images

AUTOCARICATURA (LOMBADA)
Carlos Drummond de Andrade, 1961

FOTO DRUMMOND (ORELHA)
Arquivo Carlos Drummond de Andrade /
Fundação Casa de Rui Barbosa

CIP-BRASIL. CATALOGAÇÃO NA PUBLICAÇÃO
SINDICATO NACIONAL DOS EDITORES DE LIVROS, RJ

A566r
50ª ed.

Andrade, Carlos Drummond de, 1902-1987
    A rosa do povo / Carlos Drummond de Andrade. - 50ª ed. -
Rio de Janeiro : Record, 2025.

    Inclui bibliografia e índice
    ISBN 978-65-5587-523-2

    1. Poesia brasileira. I. Título.

22-77565

CDD: 869.1
CDU: 82-1(81)

Meri Gleice Rodrigues de Souza - Bibliotecária - CRB-7/6439

Carlos Drummond de Andrade © Graña Drummond
www.carlosdrummond.com.br

Todos os direitos reservados. Proibida a reprodução, armazenamento ou transmissão de partes deste livro, através de quaisquer meios, sem prévia autorização por escrito.

Texto revisado segundo o Acordo Ortográfico da Língua Portuguesa de 1990.

Direitos exclusivos desta edição reservados pela
EDITORA RECORD LTDA.
Rua Argentina, 171 – Rio de Janeiro, RJ – 20921-380 – Tel.: (21) 2585-2000.

Impresso no Brasil

ISBN 978-65-5587-523-2

Seja um leitor preferencial Record.
Cadastre-se no site www.record.com.br e receba informações
sobre nossos lançamentos e nossas promoções.

EDITORA AFILIADA

Atendimento e venda direta ao leitor:
sac@record.com.br

SUMÁRIO

9   Este livro

13 Consideração do poema
16 Procura da poesia
19 A flor e a náusea
21 Carrego comigo
25 Anoitecer
27 O medo
30 Nosso tempo
38 Passagem do ano
40 Passagem da noite
42 Uma hora e mais outra
47 Nos áureos tempos
51 Rola mundo
55 Áporo
56 Ontem
57 Fragilidade
58 O poeta escolhe seu túmulo
59 Vida menor
61 Campo, chinês e sono
62 Episódio
63 Nova canção do exílio
65 Economia dos mares terrestres
66 Equívoco
67 Movimento da espada

69	Assalto
71	Anúncio da rosa
73	Edifício São Borja
76	O mito
83	Resíduo
86	Caso do vestido
93	O elefante
97	Morte do leiteiro
101	Noite na repartição
109	Morte no avião
114	Desfile
116	Consolo na praia
118	Retrato de família
121	Interpretação de dezembro
125	Como um presente
129	Rua da madrugada
132	Idade madura
135	Versos à boca da noite
138	No país dos Andrades
139	Notícias
140	América
146	Cidade prevista
148	Carta a Stalingrado
151	Telegrama de Moscou
152	Mas viveremos
155	Visão 1944
159	Com o russo em Berlim
162	Indicações
165	Onde há pouco falávamos
169	Os últimos dias
174	Mário de Andrade desce aos infernos
179	Canto ao homem do povo Charlie Chaplin

189 Posfácio, *por Affonso Romano de Sant'Anna*
199 Cronologia: Na época do lançamento (1942-1948)
215 Bibliografia de Carlos Drummond de Andrade
223 Bibliografia sobre Carlos Drummond de Andrade (seleta)
233 Índice de primeiros versos

ESTE LIVRO

Este livro, publicado em 1945, embora recebesse boa acolhida do público e da crítica, não teve mais nenhuma edição autônoma.

Só veio a sair, depois, incorporado a volumes de poesias completas do autor.

Quis a Record fazê-lo voltar à situação primitiva, como obra que, de certa maneira, reflete um "tempo", não só individual mas coletivo no país e no mundo. Escrito durante os anos cruciais da Segunda Guerra Mundial, as preocupações então reinantes são identificadas em muitos de seus poemas, através da consciência e do modo pessoal de ser de quem os escreveu. Algumas ilusões feneceram, mas o sentimento moral é o mesmo – e está dito o necessário.

C.D.A.

CONSIDERAÇÃO DO POEMA

Não rimarei a palavra sono
com a incorrespondente palavra outono.
Rimarei com a palavra carne
ou qualquer outra, que todas me convêm.
As palavras não nascem amarradas,
elas saltam, se beijam, se dissolvem,
no céu livre por vezes um desenho,
são puras, largas, autênticas, indevassáveis.

Uma pedra no meio do caminho
ou apenas um rastro, não importa.
Estes poetas são meus. De todo o orgulho,
de toda a precisão se incorporaram
ao fatal meu lado esquerdo. Furto a Vinicius
sua mais límpida elegia. Bebo em Murilo.
Que Neruda me dê sua gravata
chamejante. Me perco em Apollinaire. Adeus, Maiakovski.
São todos meus irmãos, não são jornais
nem deslizar de lancha entre camélias:
é toda a minha vida que joguei.

Estes poemas são meus. É minha terra
e é ainda mais do que ela. É qualquer homem
ao meio-dia em qualquer praça. É a lanterna
em qualquer estalagem, se ainda as há.
– Há mortos? há mercados? há doenças?

É tudo meu. Ser explosivo, sem fronteiras,
por que falsa mesquinhez me rasgaria?

Que se depositem os beijos na face branca, nas principiantes rugas.
O beijo ainda é um sinal, perdido embora,
da ausência de comércio,
boiando em tempos sujos.

Poeta do finito e da matéria,
cantor sem piedade, sim, sem frágeis lágrimas,
boca tão seca, mas ardor tão casto.
Dar tudo pela presença dos longínquos,
sentir que há ecos, poucos, mas cristal,
não rocha apenas, peixes circulando
sob o navio que leva esta mensagem,
e aves de bico longo conferindo
sua derrota, e dois ou três faróis,
últimos! esperança do mar negro.
Essa viagem é mortal, e começá-la.
Saber que há tudo. E mover-se em meio
a milhões e milhões de formas raras,
secretas, duras. Eis aí meu canto.

Ele é tão baixo que sequer o escuta
ouvido rente ao chão. Mas é tão alto
que as pedras o absorvem. Está na mesa
aberta em livros, cartas e remédios.
Na parede infiltrou-se. O bonde, a rua,
o uniforme de colégio se transformam,
são ondas de carinho te envolvendo.

Como fugir ao mínimo objeto
ou recusar-se ao grande? Os temas passam,

eu sei que passarão, mas tu resistes,
e cresces como fogo, como casa,
como orvalho entre dedos,
na grama, que repousam.

Já agora te sigo a toda parte,
e te desejo e te perco, estou completo,
me destino, me faço tão sublime,
tão natural e cheio de segredos,
tão firme, tão fiel... Tal uma lâmina,
o povo, meu poema, te atravessa.

PROCURA DA POESIA

Não faças versos sobre acontecimentos.
Não há criação nem morte perante a poesia.
Diante dela, a vida é um sol estático,
não aquece nem ilumina.
As afinidades, os aniversários, os incidentes pessoais não contam.
Não faças poesia com o corpo,
esse excelente, completo e confortável corpo, tão infenso à efusão
                                                      [lírica.
Tua gota de bile, tua careta de gozo ou de dor no escuro
são indiferentes.
Nem me reveles teus sentimentos,
que se prevalecem do equívoco e tentam a longa viagem.
O que pensas e sentes, isso ainda não é poesia.

Não cantes tua cidade, deixa-a em paz.
O canto não é o movimento das máquinas nem o segredo das casas.
Não é música ouvida de passagem; rumor do mar nas ruas junto à
                                                      [linha de espuma.

O canto não é a natureza
nem os homens em sociedade.
Para ele, chuva e noite, fadiga e esperança nada significam.
A poesia (não tires poesia das coisas)
elide sujeito e objeto.

Não dramatizes, não invoques,
não indagues. Não percas tempo em mentir.
Não te aborreças.
Teu iate de marfim, teu sapato de diamante,
vossas mazurcas e abusões, vossos esqueletos de família
desaparecem na curva do tempo, é algo imprestável.

Não recomponhas
tua sepultada e merencória infância.
Não osciles entre o espelho e a
memória em dissipação.
Que se dissipou, não era poesia.
Que se partiu, cristal não era.

Penetra surdamente no reino das palavras.
Lá estão os poemas que esperam ser escritos.
Estão paralisados, mas não há desespero,
há calma e frescura na superfície intata.
Ei-los sós e mudos, em estado de dicionário.
Convive com teus poemas, antes de escrevê-los.
Tem paciência, se obscuros. Calma, se te provocam.
Espera que cada um se realize e consume
com seu poder de palavra
e seu poder de silêncio.
Não forces o poema a desprender-se do limbo.
Não colhas no chão o poema que se perdeu.
Não adules o poema. Aceita-o
como ele aceitará sua forma definitiva e concentrada
no espaço.

Chega mais perto e contempla as palavras.
Cada uma
tem mil faces secretas sob a face neutra

e te pergunta, sem interesse pela resposta,
pobre ou terrível, que lhe deres:
Trouxeste a chave?

Repara:
ermas de melodia e conceito
elas se refugiaram na noite, as palavras.
Ainda úmidas e impregnadas de sono,
rolam num rio difícil e se transformam em desprezo.

A FLOR E A NÁUSEA

Preso à minha classe e a algumas roupas,
vou de branco pela rua cinzenta.
Melancolias, mercadorias espreitam-me.
Devo seguir até o enjoo?
Posso, sem armas, revoltar-me?

Olhos sujos no relógio da torre:
não, o tempo não chegou de completa justiça.
O tempo é ainda de fezes, maus poemas, alucinações e espera.
O tempo pobre, o poeta pobre
fundem-se no mesmo impasse.

Em vão me tento explicar, os muros são surdos.
Sob a pele das palavras há cifras e códigos.
O sol consola os doentes e não os renova.
As coisas. Que tristes são as coisas, consideradas sem ênfase.

Vomitar esse tédio sobre a cidade.
Quarenta anos e nenhum problema
resolvido, sequer colocado.
Nenhuma carta escrita nem recebida.
Todos os homens voltam para casa.
Estão menos livres mas levam jornais
e soletram o mundo, sabendo que o perdem.

Crimes da terra, como perdoá-los?
Tomei parte em muitos, outros escondi.
Alguns achei belos, foram publicados.
Crimes suaves, que ajudam a viver.
Ração diária de erro, distribuída em casa.
Os ferozes padeiros do mal.
Os ferozes leiteiros do mal.

Pôr fogo em tudo, inclusive em mim.
Ao menino de 1918 chamavam anarquista.
Porém meu ódio é o melhor de mim.
Com ele me salvo
e dou a poucos uma esperança mínima.

Uma flor nasceu na rua!
Passem de longe, bondes, ônibus, rio de aço do tráfego.
Uma flor ainda desbotada
ilude a polícia, rompe o asfalto.
Façam completo silêncio, paralisem os negócios,
garanto que uma flor nasceu.

Sua cor não se percebe.
Suas pétalas não se abrem.
Seu nome não está nos livros.
É feia. Mas é realmente uma flor.

Sento-me no chão da capital do país às cinco horas da tarde
e lentamente passo a mão nessa forma insegura.
Do lado das montanhas, nuvens maciças avolumam-se.
Pequenos pontos brancos movem-se no mar, galinhas em pânico.
É feia. Mas é uma flor. Furou o asfalto, o tédio, o nojo e o ódio.

CARREGO COMIGO

Carrego comigo
há dezenas de anos
há centenas de anos
o pequeno embrulho.

Serão duas cartas?
será uma flor?
será um retrato?
um lenço talvez?

Já não me recordo
onde o encontrei.
Se foi um presente
ou se foi furtado.

Se os anjos desceram
trazendo-o nas mãos,
se boiava no rio,
se pairava no ar.

Não ouso entreabri-lo.
Que coisa contém,
ou se algo contém,
nunca saberei.

Como poderia
tentar esse gesto?
O embrulho é tão frio
e também tão quente.

Ele arde nas mãos,
é doce ao meu tato.
Pronto me fascina
e me deixa triste.

Guardar um segredo
em si e consigo,
não querer sabê-lo
ou querer demais.

Guardar um segredo
de seus próprios olhos,
por baixo do sono,
atrás da lembrança.

A boca experiente
saúda os amigos.
Mão aperta mão,
peito se dilata.

Vem do mar o apelo,
vêm das coisas gritos.
O mundo te chama:
Carlos! Não respondes?

Quero responder.
A rua infinita
vai além do mar.
Quero caminhar.

Mas o embrulho pesa.
Vem a tentação
de jogá-lo ao fundo
da primeira vala.

Ou talvez queimá-lo:
cinzas se dispersam
e não fica sombra
sequer, nem remorso.

Ai, fardo sutil
que antes me carregas
do que és carregado,
para onde me levas?

Por que não me dizes
a palavra dura
oculta em teu seio,
carga intolerável?

Seguir-te submisso
por tanto caminho
sem saber de ti
senão que te sigo.

Se agora te abrisses
e te revelasses
mesmo em forma de erro,
que alívio seria!

Mas ficas fechado.
Carrego-te à noite
se vou para o baile.
De manhã te levo

para a escura fábrica
de negro subúrbio.
És, de fato, amigo
secreto e evidente.

Perder-te seria
perder-me a mim próprio.
Sou um homem livre
mas levo uma coisa.

Não sei o que seja.
Eu não a escolhi.
Jamais a fitei.
Mas levo uma coisa.

Não estou vazio,
 não estou sozinho,
 pois anda comigo
 algo indescritível.

ANOITECER

A Dolores

É a hora em que o sino toca,
mas aqui não há sinos;
há somente buzinas,
sirenes roucas, apitos
aflitos, pungentes, trágicos,
uivando escuro segredo;
desta hora tenho medo.

É a hora em que o pássaro volta,
mas de há muito não há pássaros;
só multidões compactas
escorrendo exaustas
como espesso óleo
que impregna o lajedo;
desta hora tenho medo.

É a hora do descanso,
mas o descanso vem tarde,
o corpo não pede sono,
depois de tanto rodar;
pede paz – morte – mergulho
no poço mais ermo e quedo;
desta hora tenho medo.

Hora de delicadeza,
gasalho, sombra, silêncio.
Haverá disso no mundo?
É antes a hora dos corvos,
bicando em mim, meu passado,
meu futuro, meu degredo;
desta hora, sim, tenho medo.

O MEDO

A Antonio Candido

"Porque há para todos nós um problema sério...
Este problema é o do medo."
Antonio Candido, *Plataforma de uma geração*

Em verdade temos medo.
Nascemos escuro.
As existências são poucas:
carteiro, ditador, soldado.
Nosso destino, incompleto.

E fomos educados para o medo.
Cheiramos flores de medo.
Vestimos panos de medo.
De medo, vermelhos rios
vadeamos.

Somos apenas uns homens
e a natureza traiu-nos.
Há as árvores, as fábricas,
doenças galopantes, fomes.

Refugiamo-nos no amor,
este célebre sentimento,
e o amor faltou: chovia,
ventava, fazia frio em São Paulo.

Fazia frio em São Paulo...
Nevava.
O medo, com sua capa,
nos dissimula e nos berça.

Fiquei com medo de ti,
meu companheiro moreno.
De nós, de vós; e de tudo.
Estou com medo da honra.

Assim nos criam burgueses.
Nosso caminho: traçado.
Por que morrer em conjunto?
E se todos nós vivêssemos?

Vem, harmonia do medo,
vem, ó terror das estradas,
susto na noite, receio
de águas poluídas. Muletas

do homem só. Ajudai-nos,
lentos poderes do láudano.
Até a canção medrosa
se parte, se transe e cala-se.

Faremos casas de medo,
duros tijolos de medo,
medrosos caules, repuxos,
ruas só de medo e calma.

E com asas de prudência,
com resplendores covardes,
atingiremos o cimo
de nossa cauta subida.

O medo, com sua física,
tanto produz: carcereiros,
edifícios, escritores,
este poema; outras vidas.

Tenhamos o maior pavor.
Os mais velhos compreendem.
O medo cristalizou-os.
Estátuas sábias, adeus.

Adeus: vamos para a frente,
recuando de olhos acesos.
Nossos filhos tão felizes...
Fiéis herdeiros do medo,

eles povoam a cidade.
Depois da cidade, o mundo.
Depois do mundo, as estrelas,
dançando o baile do medo.

NOSSO TEMPO

A Oswaldo Alves

I

Este é tempo de partido,
tempo de homens partidos.

Em vão percorremos volumes,
viajamos e nos colorimos.
A hora pressentida esmigalha-se em pó na rua.
Os homens pedem carne. Fogo. Sapatos.
As leis não bastam. Os lírios não nascem
da lei. Meu nome é tumulto, e escreve-se
na pedra.

Visito os fatos, não te encontro.
Onde te ocultas, precária síntese,
penhor de meu sono, luz
dormindo acesa na varanda?
Miúdas certezas de empréstimo, nenhum beijo
sobe ao ombro para contar-me
a cidade dos homens completos.

Calo-me, espero, decifro.
As coisas talvez melhorem.
São tão fortes as coisas!

Mas eu não sou as coisas e me revolto.
Tenho palavras em mim buscando canal,
são roucas e duras,
irritadas, enérgicas,
comprimidas há tanto tempo,
perderam o sentido, apenas querem explodir.

II

Este é tempo de divisas,
tempo de gente cortada.
De mãos viajando sem braços,
obscenos gestos avulsos.

Mudou-se a rua da infância.
E o vestido vermelho
vermelho
cobre a nudez do amor,
ao relento, no vale.

Símbolos obscuros se multiplicam.
Guerra, verdade, flores?
Dos laboratórios platônicos mobilizados
vem um sopro que cresta as faces
e dissipa, na praia, as palavras.

A escuridão estende-se mas não elimina
o sucedâneo da estrela nas mãos.
Certas partes de nós como brilham! São unhas,
anéis, pérolas, cigarros, lanternas,
são partes mais íntimas,
a pulsação, o ofego,
e o ar da noite é o estritamente necessário
para continuar, e continuamos.

III

E continuamos. É tempo de muletas.
Tempo de mortos faladores
e velhas paralíticas, nostálgicas de bailado,
mas ainda é tempo de viver e contar.
Certas histórias não se perderam.
Conheço bem esta casa,
pela direita entra-se, pela esquerda sobe-se,
a sala grande conduz a quartos terríveis,
como o do enterro que não foi feito, do corpo esquecido na mesa,
conduz à copa de frutas ácidas,
ao claro jardim central, à água
que goteja e segreda
o incesto, a bênção, a partida,
conduz às celas fechadas, que contêm:
    papéis?
    crimes?
    moedas?

Ó conta, velha preta, ó jornalista, poeta, pequeno historiador urbano,
ó surdo-mudo, depositário de meus desfalecimentos, abre-te e conta,
moça presa na memória, velho aleijado, baratas dos arquivos,
       [portas rangentes, solidão e asco,
pessoas e coisas enigmáticas, contai,
capa de poeira dos pianos desmantelados, contai;
velhos selos do imperador, aparelhos de porcelana partidos, contai;
ossos na rua, fragmentos de jornal, colchetes no chão da costureira,
 [luto no braço, pombas, cães errantes, animais caçados, contai.
Tudo tão difícil depois que vos calastes...
E muitos de vós nunca se abriram.

IV

É tempo de meio silêncio,
de boca gelada e murmúrio,
palavra indireta, aviso
na esquina. Tempo de cinco sentidos
num só. O espião janta conosco.

É tempo de cortinas pardas,
de céu neutro, política
na maçã, no santo, no gozo,
amor e desamor, cólera
branda, gim com água tônica,
olhos pintados,
dentes de vidro,
grotesca língua torcida.
A isso chamamos: balanço.

No beco,
apenas um muro,
sobre ele a polícia.
No céu da propaganda
aves anunciam
a glória.
No quarto,
irrisão e três colarinhos sujos.

V

Escuta a hora formidável do almoço
na cidade. Os escritórios, num passe, esvaziam-se.
As bocas sugam um rio de carne, legumes e tortas vitaminosas.
Salta depressa do mar a bandeja de peixes argênteos!

Os subterrâneos da fome choram caldo de sopa,
olhos líquidos de cão através do vidro devoram teu osso.
Come, braço mecânico, alimenta-te, mão de papel, é tempo de
                                                                                         [comida,
mais tarde será o de amor.

Lentamente os escritórios se recuperam, e os negócios, forma
                                                                                         [indecisa, evoluem.
O esplêndido negócio insinua-se no tráfego.
Multidões que o cruzam não veem. É sem cor e sem cheiro.
Está dissimulado no bonde, por trás da brisa do sul,
vem na areia, no telefone, na batalha de aviões,
toma conta de tua alma e dela extrai uma porcentagem.

Escuta a hora espandongada da volta.
Homem depois de homem, mulher, criança, homem,
roupa, cigarro, chapéu, roupa, roupa, roupa,
homem, homem, mulher, homem, mulher, roupa, homem
imaginam esperar qualquer coisa,
e se quedam mudos, escoam-se passo a passo, sentam-se,
últimos servos do negócio, imaginam voltar para casa,
já noite, entre muros apagados, numa suposta cidade, imaginam.

Escuta a pequena hora noturna de compensação, leituras, apelo
                                                                         [ao cassino, passeio na praia,
o corpo ao lado do corpo, afinal distendido,
com as calças despido o incômodo pensamento de escravo,
escuta o corpo ranger, enlaçar, refluir,
errar em objetos remotos e, sob eles soterrado sem dor,
confiar-se ao que-bem-me-importa
do sono.

Escuta o horrível emprego do dia
em todos os países de fala humana,
a falsificação das palavras pingando nos jornais,
o mundo irreal dos cartórios onde a propriedade é um bolo com
[flores,
os bancos triturando suavemente o pescoço do açúcar,
a constelação das formigas e usurários,
a má poesia, o mau romance,
os frágeis que se entregam à proteção do basilisco,
o homem feio, de mortal feiura,
passeando de bote
num sinistro crepúsculo de sábado.

VI

Nos porões da família,
orquídeas e opções
de compra e desquite.
A gravidez elétrica
já não traz delíquios.
Crianças alérgicas
trocam-se; reformam-se.
Há uma implacável
guerra às baratas.
Contam-se histórias
por correspondência.
A mesa reúne
um copo, uma faca,
e a cama devora
tua solidão.
Salva-se a honra
e a herança do gado.

VII

Ou não se salva, e é o mesmo. Há soluções, há bálsamos
para cada hora e dor. Há fortes bálsamos,
dores de classe, de sangrenta fúria
e plácido rosto. E há mínimos
bálsamos, recalcadas dores ignóbeis,
lesões que nenhum governo autoriza,
não obstante doem,
melancolias insubornáveis,
ira, reprovação, desgosto
desse chapéu velho, da rua lodosa, do Estado.
Há o pranto no teatro,
no palco? no público? nas poltronas?
há sobretudo o pranto no teatro,
já tarde, já confuso,
ele embacia as luzes, se engolfa no linóleo,
vai minar nos armazéns, nos becos coloniais onde passeiam ratos
                                                [noturnos,
vai molhar, na roça madura, o milho ondulante,
e secar ao sol, em poça amarga.
E dentro do pranto minha face trocista,
meu olho que ri e despreza,
minha repugnância total por vosso lirismo deteriorado,
que polui a essência mesma dos diamantes.

VIII

O poeta
declina de toda responsabilidade
na marcha do mundo capitalista
e com suas palavras, intuições, símbolos e outras armas

promete ajudar
a destruí-lo
como uma pedreira, uma floresta,
um verme.

PASSAGEM DO ANO

O último dia do ano
não é o último dia do tempo.
Outros dias virão
e novas coxas e ventres te comunicarão o calor da vida.
Beijarás bocas, rasgarás papéis,
farás viagens e tantas celebrações
de aniversário, formatura, promoção, glória, doce morte com
                                            [sinfonia e coral,
que o tempo ficará repleto e não ouvirás o clamor,
os irreparáveis uivos
do lobo, na solidão.

O último dia do tempo
não é o último dia de tudo.
Fica sempre uma franja de vida
onde se sentam dois homens.
Um homem e seu contrário,
uma mulher e seu pé,
um corpo e sua memória,
um olho e seu brilho,
uma voz e seu eco,
e quem sabe até se Deus...

Recebe com simplicidade este presente do acaso.
Mereceste viver mais um ano.
Desejarias viver sempre e esgotar a borra dos séculos.

Teu pai morreu, teu avô também.
Em ti mesmo muita coisa já expirou, outras espreitam a morte,
mas estás vivo. Ainda uma vez estás vivo,
e de copo na mão
esperas amanhecer.

O recurso de se embriagar.
O recurso da dança e do grito,
o recurso da bola colorida,
o recurso de Kant e da poesia,
todos eles... e nenhum resolve.

Surge a manhã de um novo ano.

As coisas estão limpas, ordenadas.
O corpo gasto renova-se em espuma.
Todos os sentidos alerta funcionam.
A boca está comendo vida.
A boca está entupida de vida.
A vida escorre da boca,
lambuza as mãos, a calçada.
A vida é gorda, oleosa, mortal, sub-reptícia.

PASSAGEM DA NOITE

É noite. Sinto que é noite
não porque a sombra descesse
(bem me importa a face negra)
mas porque dentro de mim,
no fundo de mim, o grito
se calou, fez-se desânimo.
Sinto que nós somos noite,
que palpitamos no escuro
e em noite nos dissolvemos.
Sinto que é noite no vento,
noite nas águas, na pedra.
E que adianta uma lâmpada?
E que adianta uma voz?
É noite no meu amigo.
É noite no submarino.
É noite na roça grande.
É noite, não é morte, é noite
de sono espesso e sem praia.
Não é dor, nem paz, é noite,
é perfeitamente a noite.

Mas salve, olhar de alegria!
E salve, dia que surge!
Os corpos saltam do sono,
o mundo se recompõe.
Que gozo na bicicleta!

Existir: seja como for.
A fraterna entrega do pão.

Amar: mesmo nas canções.
De novo andar: as distâncias,
as cores, posse das ruas.
Tudo que à noite perdemos
se nos confia outra vez.
Obrigado, coisas fiéis!
Saber que ainda há florestas,
sinos, palavras; que a terra
prossegue seu giro, e o tempo
não murchou; não nos diluímos.
Chupar o gosto do dia!
Clara manhã, obrigado,
o essencial é viver!

UMA HORA E MAIS OUTRA

Há uma hora triste
que tu não conheces.
Não é a da tarde
quando se diria
baixar meio grama
na dura balança;
não é a da noite
em que já sem luz
a cabeça cobres
com frio lençol
antecipando outro
mais gelado pano;
e também não é a
do nascer do sol
enquanto enfastiado
assistes ao dia
perseverar no câncer,
no pó, no costume,
no mal dividido
trabalho de muitos;
não a da comida
hora mais grotesca
em que dente de ouro
mastiga pedaços
de besta caçada;
nem a da conversa

com indiferentes
ou com burros de óculos,
gelatina humana,
vontades corruptas,
palavras sem fogo,
lixo tão burguês,
lesmas de *blackout*
fugindo à verdade
como de um incêndio;
não a do cinema
hora vagabunda
onde se compensa,
rosa em tecnicólor,
a falta de amor,
a falta de amor,
A FALTA DE AMOR;
nem essa hora flácida
após o desgaste
do corpo entrançado
em outro, tristeza
de ser exaurido
e peito deserto,
nem a pobre hora
da evacuação:
um pouco de ti
desce pelos canos,
oh! adulterado,
assim decomposto,
tanto te repugna,
recusas olhá-lo:
é o pior de ti?

Torna-se a matéria
nobre ou vil conforme
se retém ou passa?
Pois hora mais triste
ainda se afigura;
ei-la, a hora pequena
que desprevenido
te colhe sozinho
na rua ou no catre
em qualquer república;
já não te revoltas
e nem te lamentas,
tampouco procuras
solução benigna
de cristo ou arsênico,
sem nenhum apoio
no chão ou no espaço,
roídos os livros,
cortadas as pontes,
furados os olhos,
a língua enrolada,
os dedos sem tato,
a mente sem ordem,
sem qualquer motivo
de qualquer ação,
tu vives: apenas,
sem saber por quê,
como, para quê,
tu vives: cadáver,
malogro, tu vives,
rotina, tu vives,

tu vives, mas triste
duma tal tristeza
tão sem água ou carme,
tão ausente, vago,
que pegar quisera
na mão e dizer-te:
Amigo, não sabes
que existe amanhã?
Então um sorriso
nascera no fundo
de tua miséria
e te destinara
a melhor sentido.
Exato, amanhã
será outro dia.
Para ele viajas.
Vamos para ele.
Venceste o desgosto,
calcaste o indivíduo,
já teu passo avança
em terra diversa.
Teu passo: outros passos
ao lado do teu.
O pisar de botas,
outros nem calçados,
mas todos pisando,
pés no barro, pés
n'água, na folhagem,
pés que marcham muitos,
alguns se desviam,
mas tudo é caminho.

Tantos: grossos, brancos,
negros, rubros pés,
tortos ou lanhados,
fracos, retumbantes,
gravam no chão mole
marcas para sempre:
pois a hora mais bela
surge da mais triste.

NOS ÁUREOS TEMPOS

Nos áureos tempos
a rua era tanta.
O lado direito
retinha os jardins.
Neles penetrávamos
indo aparecer
já no esquerdo lado
que em ferros jazia.
Nisto se passava
um tempo dez mil.

A viagem do quarto
requeria apenas
a chama da vela.
Que longa, se o rosto
fechado no livro.
E dos subterrâneos
a chave era nossa,
como na cascata
a moça indelével
se banhava em nós,
espaço e miragem
se multiplicando
nos áureos tempos.

Nos áureos tempos
que eram de cobre
muita noite havia
com chuva soando.
Farto da cidade
um atroz coqueiro
ia para o mato.
E vinha o assassino
no pó do correio.
A riqueza da África
se perdia em vento.
E era bem difícil
continuar menino.

Chegando ao limite
dos tempos atuais,
eis-nos interditos
enquanto prosperam
os jardins da gripe,
os bondes do tédio,
as lojas do pranto.
O espaço é pequeno.
Aqui amontoados,
e de mão em mão
um papel circula
em branco e sigilo
talvez o prospecto
dos áureos tempos.

Nos áureos tempos
que dormem no chão,
prestes a acordar,
tento descobrir

caminhos de longe,
os rios primeiros
e certa confiança
e extrema poesia.
Não me sinto forte
o quanto se pede
para interpretá-los.
O jeito é esperar.

Nos áureos tempos
coração-sorriso
meus olhos diamante
meus lábios batendo
a alvura de um cântico.
Do arraial trocado
sinto roupas novas
e escuto as bandeiras
pelo ar, que se entornam.

Nos áureos tempos
devolve-se a infância
a troco de nada
e o espaço reaberto
deixará passar
os menores homens,
as coisas mais frágeis,
uma agulha, a viagem,
a tinta da boca,
deixará passar
o óleo das coisas,
deixará passar
a relva dos sábados,
deixará passar

minha namorada,
deixará passar
o cão paralítico,
deixará passar
o círculo da água
refletindo o rosto...
Deixará passar
a matéria fosca,
mesmo assim prendendo-a
nos áureos tempos.

ROLA MUNDO

Vi moças gritando
numa tempestade.
O que elas diziam
o vento largava,
logo devolvia.
Pávido escutava,
não compreendia.
Talvez avisassem:
mocidade é morta.
Mas a chuva, mas o choro,
mas a cascata caindo,
tudo me atormentava
sob a escureza do dia,
e vendo,
eu pobre de mim não via.

Vi moças dançando
num baile de ar.
Vi os corpos brandos
tornarem-se violentos
e o vento os tangia.
Eu corria ao vento,
era só umidade,
era só passagem
e gosto de sal.
A brisa na boca
me entristecia

como poucos idílios
jamais o lograram;
e passando,
por dentro me desfazia.

Vi o sapo saltando
uma altura de morro;
consigo levava
o que mais me valia.
Era algo hediondo
e meigo: veludo,
na mole algidez
parecia roubar
para devolver-me
já tarde e corrupta,
de tão babujada,
uma velha medalha
em que dorme teu eco.

Vi outros enigmas
à feição de flores
abertas no vácuo.
Vi saias errantes
demandando corpos
que em gás se perdiam,
e assim desprovidas
mais esvoaçavam,
tornando-se roxo,
azul de longa espera,
negro de mar negro.
Ainda se dispersam.
Em calma, longo tempo,
nenhum tempo, não me lembra.

Vi o coração de moça
esquecido numa jaula.
Excremento de leão,
apenas. E o circo distante.
Vi os tempos defendidos.
Eram de ontem e de sempre,
e em cada país havia
um muro de pedra e espanto,
e nesse muro pousada
uma pomba cega.

Como pois interpretar
o que os heróis não contam?
Como vencer o oceano
se é livre a navegação
mas proibido fazer barcos?
Fazer muros, fazer versos,
cunhar moedas de chuva,
inspecionar os faróis
para evitar que se acendam,
e devolver os cadáveres
ao mar, se acaso protestam,
eu vi; já não quero ver.

E vi minha vida toda
contrair-se num inseto.
Seu complicado instrumento
de voo e de hibernação,
sua cólera zumbidora,
seu frágil bater de élitros,
seu brilho de pôr de tarde
e suas imundas patas...
Joguei tudo no bueiro.

Fragmentos de borracha
e
cheiro de rolha queimada:
eis quanto me liga ao mundo.
Outras riquezas ocultas,
adeus, se despedaçaram.

Depois de tantas visões
já não vale concluir
se o melhor é deitar fora
a um tempo os olhos e os óculos.
E se a vontade de ver
também cabe ser extinta,
se as visões, interceptadas,
e tudo mais abolido.
Pois deixa o mundo existir!
Irredutível ao canto,
superior à poesia,
rola, mundo, rola, mundo,
rola o drama, rola o corpo,
rola o milhão de palavras
na extrema velocidade,
rola-me, rola meu peito,
rola os deuses, os países,
desintegra-te, explode, acaba!

ÁPORO

Um inseto cava
cava sem alarme
perfurando a terra
sem achar escape.

Que fazer, exausto,
em país bloqueado,
enlace de noite
raiz e minério?

Eis que o labirinto
(oh razão, mistério)
presto se desata:

em verde, sozinha,
antieuclidiana,
uma orquídea forma-se.

ONTEM

Até hoje perplexo
ante o que murchou
e não eram pétalas.

De como este banco
não reteve forma,
cor ou lembrança.

Nem esta árvore
balança o galho
que balançava.

Tudo foi breve
e definitivo.
Eis está gravado

não no ar, em mim,
que por minha vez
escrevo, dissipo.

FRAGILIDADE

Este verso, apenas um arabesco
em torno do elemento essencial – inatingível.
Fogem nuvens de verão, passam aves, navios, ondas,
e teu rosto é quase um espelho onde brinca o incerto movimento,
ai! já brincou, e tudo se fez imóvel, quantidades e quantidades
de sono se depositam sobre a terra esfacelada.
Não mais o desejo de explicar, e múltiplas palavras em feixe
subindo, e o espírito que escolhe, o olho que visita, a música
feita de depurações e depurações, a delicada modelagem
de um cristal de mil suspiros límpidos e frígidos: não mais
que um arabesco, apenas um arabesco
abraça as coisas, sem reduzi-las.

O POETA ESCOLHE SEU TÚMULO

Onde foi Troia,
onde foi Helena,
onde a erva cresce,
onde te despi,

onde pastam coelhos
a roer o tempo,
e um rio molha
roupas largadas,

onde houve, não
há mais agora
o ramo inclinado,

eu me sinto bem
e aí me sepulto
para sempre e um dia.

VIDA MENOR

A fuga do real,
ainda mais longe a fuga do feérico,
mais longe de tudo, a fuga de si mesmo,
a fuga da fuga, o exílio
sem água e palavra, a perda
voluntária de amor e memória,
o eco
já não correspondendo ao apelo, e este fundindo-se,
a mão tornando-se enorme e desaparecendo
desfigurada, todos os gestos afinal impossíveis,
senão inúteis,
a desnecessidade do canto, a limpeza
da cor, nem braço a mover-se nem unha crescendo.
Não a morte, contudo.

Mas a vida: captada em sua forma irredutível,
já sem ornato ou comentário melódico,
vida a que aspiramos como paz no cansaço
(não a morte),
vida mínima, essencial; um início; um sono;
menos que terra, sem calor; sem ciência nem ironia;
o que se possa desejar de menos cruel: vida
em que o ar, não respirado, mas me envolva;
nenhum gasto de tecidos; ausência deles;
confusão entre manhã e tarde, já sem dor,
porque o tempo não mais se divide em seções; o tempo

elidido, domado.
Não o morto nem o eterno ou o divino,
apenas o vivo, o pequenino, calado, indiferente
e solitário vivo.
Isso eu procuro.

CAMPO, CHINÊS E SONO

A João Cabral de Melo Neto

O chinês deitado
no campo. O campo é azul,
roxo também. O campo,
o mundo e todas as coisas
têm ar de um chinês
deitado e que dorme.
Como saber se está sonhando?
O sono é perfeito. Formigas
crescem, estrelas latejam,
peixes são fluidos.
E árvores dizem qualquer coisa
que não entendes. Há um chinês
dormindo no campo. Há um campo
cheio de sono e antigas confidências.
Debruça-te no ouvido, ouve o murmúrio
do sono em marcha. Ouve a terra, as nuvens.
O campo está dormindo e forma um chinês
de suave rosto inclinado
no vão do tempo.

EPISÓDIO

Manhã cedo passa
à minha porta um boi.
De onde vem ele
se não há fazendas?

Vem cheirando o tempo
entre noite e rosa.
Para à minha porta
sua lenta máquina.

Alheio à polícia
anterior ao tráfego
ó boi, me conquistas
para outro, teu reino.

Seguro teus chifres:
eis-me transportado
sonho e compromisso
ao País Profundo.

NOVA CANÇÃO DO EXÍLIO

A Josué Montello

Um sabiá
na palmeira, longe.
Estas aves cantam
um outro canto.

O céu cintila
sobre flores úmidas.
Vozes na mata,
e o maior amor.

Só, na noite,
seria feliz:
um sabiá,
na palmeira, longe.

Onde é tudo belo
e fantástico,
só, na noite,
seria feliz.
(Um sabiá,
na palmeira, longe.)

Ainda um grito de vida e
voltar
para onde é tudo belo

e fantástico:
a palmeira, o sabiá,
o longe.

ECONOMIA DOS MARES TERRESTRES

A queixa
comprimida na garrafa
quer escapar
reunir os povos
dizer a Matilde que lhe perdoa
organizar a vida dos índios,
a queixa
no vácuo
lembra uma queixa menor.
Dir-se-ia, na chama, uma sombra,
não arde, também se destrói.
A queixa mínima
já não pede ao vento que se cale
aos estudantes que estudem, a Elza
que deposite flores sobre o retrato enterrado.
Limita-se
à contemplação metódica da mosca
fora da garrafa
(mas já são outros problemas).

EQUÍVOCO

Na noite sem lua perdi o chapéu.
O chapéu era branco e dele passarinhos
saíam para a glória, transportando-me ao céu.

A neblina gelou-me até os nervos e as tias.
Fiquei na praça oval aguardando a galera
com fiscais que me perdoassem e me abrissem os rios.

Um jardim sempre meu, de funcho e de coral,
ergueu-se pouco a pouco, e eram flores de velho,
murchando sem abrir, indecisas no mal.

Ressurgi para a escola, e de novo adquiri
a ciência de deslizar, tão própria de meus netos:
sou apenas um peixe, mas que fuma e que ri,
e que ri e detesta.

MOVIMENTO DA ESPADA

Estamos quites, irmão vingador.
Desceu a espada
e cortou o braço.
Cá está ele, molhado em rubro.
Dói o ombro, mas sobre o ombro
tua justiça resplandece.

Já podes sorrir, tua boca
moldar-se em beijo de amor.
Beijo-te, irmão, minha dívida
está paga.
Fizemos as contas, estamos alegres.
Tua lâmina corta, mas é doce,
a carne sente, mas limpa-se.
O sol eterno brilha de novo
e seca a ferida.

Mutilado, mas quanto movimento
em mim procura ordem.
O que perdi se multiplica
e uma pobreza feita de pérolas
salva o tempo, resgata a noite.
Irmão, saber que és irmão,
na carne como nos domingos.

Rolaremos juntos pelo mar...
Agasalhado em tua vingança,
puro e imparcial como um cadáver que o ar embalsamasse,
serei carga jogada às ondas,
mas as ondas, também elas, secam,
e o sol brilha sempre.

Sobre minha mesa, sobre minha cova, como brilha o sol!
Obrigado, irmão, pelo sol que me deste,
na aparência roubando-o.
Já não posso classificar os bens preciosos.
Tudo é precioso...
                                        e tranquilo
como olhos guardados nas pálpebras.

ASSALTO

No quarto de hotel
a mala se abre: o tempo
dá-se em fragmentos.

Aqui habitei
mas traças conspiram
uma idade de homem
cheia de vertentes.

Roupas mudam tanto.
Éramos cinco ou seis
que hoje não me encontro,
clima revogado.

Uma doença grave
esse amor sem braços
e toda a carga leve
que súbito me arde.

No quarto de hotel
funcionam botões
chamando mocidade
fogo, canto, livro.

Vem a quarteira
depositar a branca

toalha do olvido
insinuar o branco

sabão da calma.
A perna que pensa
outrora voava
sobre telhados.

Em copo de uísque
lesmas baratas
acres lembranças
enjoo de vida.

Ponho no chapéu
restos desse homem
encontrado morto,
e do nono andar

jogo tudo fora.
A mala se fecha: o tempo
se retrai, ó concha.

ANÚNCIO DA ROSA

Imenso trabalho nos custa a flor.
Por menos de oito contos vendê-la? Nunca.
Primavera não há mais doce, rosa tão meiga
onde abrirá? Não, cavalheiros, sede permeáveis.

Uma só pétala resume auroras e pontilhismos,
sugere estâncias, diz que te amam, beijai a rosa,
ela é sete flores, qual mais fragrante, todas exóticas,
todas históricas, todas catárticas, todas patéticas.

                Vede o caule,
                traço indeciso.

Autor da rosa, não me revelo, sou eu, quem sou?
Deus me ajudara, mas ele é neutro, e mesmo duvido
que em outro mundo alguém se curve, filtre a paisagem,
pense uma rosa na pura ausência, no amplo vazio.

                Vinde, vinde,
                olhai o cálice.

Por preço tão vil mas peça, como direi, aurilavrada,
não, é cruel existir em tempo assim filaucioso.
Injusto padecer exílio, pequenas cólicas cotidianas,
oferecer-vos alta mercancia estelar e sofrer vossa irrisão.

Rosa na roda,
rosa na máquina,
apenas rósea.

Selarei, venda murcha, meu comércio incompreendido,
pois jamais virão pedir-me, eu sei, o que de melhor se compôs na
[noite,
e não há oito contos. Já não vejo amadores de rosa.
Ó fim do parnasiano, começo da era difícil, a burguesia apodrece.

Aproveitem. A última
rosa desfolha-se.

EDIFÍCIO SÃO BORJA

Cólica premonitória
caminho do suicídio
fome de gaia ciência
São Borja

Esqueléticos desajustados
brigando com a vida nus
surgindo à noite em fragmentos
São Borja

Ritmo de poeta mais forte
nesta mão se inoculando
projeto de fuga ao Chile
à tua casa de infância
ao adro da igreja tombada
São Borja

Cerveja em copo de pedra
sonhos os mais obscuros
na palma da mão
na reuma
São Borja

Santo da mais pura estima
nunca jamais invocado
sem estrelas se desfazendo

ou navios se cruzando
e se saudando: boa viagem
no caos
        na peste
                no espasmo
São Borja

São Borja São Borja São
quatro mãos quatro facadas
num peito só todo aberto
e nele cabe a cidade
o vento na roupa
uma outra longa amazônia
São Borja

Edifício poço luz
nome assobio no vácuo
esperança de emergência
São Borja
São Borja

Imolação das venezas
as terras distribuídas
o mar limpo
a cabeça loura
em ativa deleitação
viajando sozinha
São Borja

Palavras de muita força
embalsamadas
explodindo na alva
futuras verdades ainda sangrentas

cofre a saquear, jardim
de chaves fluidas
São Borja

Trompa de caça trombeta
de final juízo improvável
sinusite
raiva
São Borja

Canoa sem fado e peixes
canções jandaias madréporas
anêmonas
sorrimos
São Borja
outra vez sorrimos

O tempo se despencando
por trás das guerras púnicas
na face dos gregos
num dedo de estátua
posse de anel
segredo
São Borja

A vida povoada
a morte sem aproveitadores
a eternidade afinal expelida
estamos todos presentes
felizes calados
completos
Santo São Borja.

O MITO

Sequer conheço Fulana,
vejo Fulana tão curto,
Fulana jamais me vê,
mas como eu amo Fulana.

Amarei mesmo Fulana?
ou é ilusão de sexo?
Talvez a linha do busto,
da perna, talvez do ombro.

Amo Fulana tão forte,
amo Fulana tão dor,
que todo me despedaço
e choro, menino, choro.

Mas Fulana vai se rindo...
Vejam Fulana dançando.
No esporte ela está sozinha.
No bar, quão acompanhada.

E Fulana diz mistérios,
diz marxismo, *rimmel*, gás.
Fulana me bombardeia,
no entanto sequer me vê.

E sequer nos compreendemos.
É dama de alta fidúcia,

tem latifúndios, iates,
sustenta cinco mil pobres.

Menos eu... que de orgulhoso
me basto pensando nela.
Pensando com unha, plasma,
fúria, gilete, desânimo.

Amor tão disparatado.
Desbaratado é que é...
Nunca a sentei no meu colo
nem vi pela fechadura.

Mas eu sei quanto me custa
manter esse gelo digno,
essa indiferença gaia
e não gritar: Vem, Fulana!

Como deixar de invadir
sua casa de mil fechos
e sua veste arrancando
mostrá-la depois ao povo

tal como é ou deve ser:
branca, intata, neutra, rara,
feita de pedra translúcida,
de ausência e ruivos ornatos.

Mas como será Fulana,
digamos, no seu banheiro?
Só de pensar em seu corpo
o meu se punge... Pois sim.

Porque preciso do corpo
para mendigar Fulana,
rogar-lhe que pise em mim,
que me maltrate... Assim não.

Mas Fulana será gente?
Estará somente em ópera?
Será figura de livro?
Será bicho? Saberei?

Não saberei? Só pegando,
pedindo: Dona, desculpe...
O seu vestido esconde algo?
tem coxas reais? cintura?

Fulana às vezes existe
demais; até me apavora.
Vou sozinho pela rua,
eis que Fulana me roça.

Olho: não tem mais Fulana.
Povo se rindo de mim.
(Na curva do seu sapato
o calcanhar rosa e puro.)

E eu insonte, pervagando
em ruas de peixe e lágrima.
Aos operários: A vistes?
Não, dizem os operários.

Aos boiadeiros: A vistes?
Dizem não os boiadeiros.
Acaso a vistes, doutores?
Mas eles respondem: Não.

Pois é possível? Pergunto
aos jornais: todos calados.
Não sabemos se Fulana
passou. De nada sabemos.

E são onze horas da noite,
são onze rodas de chope,
onze vezes dei a volta
de minha sede; e Fulana

talvez dance no cassino
ou, e será mais provável,
talvez beije no Leblon,
talvez se banhe na Cólquida;

talvez se pinte no espelho
do táxi; talvez aplauda
certa peça miserável
num teatro barroco e louco;

talvez cruze a perna e beba,
talvez corte figurinhas,
talvez fume de piteira,
talvez ria, talvez minta.

Esse insuportável riso
de Fulana de mil dentes
(anúncio de dentifrício)
é faca me escavando.

Me ponho a correr na praia.
Venha o mar! Venham cações!
Que o farol me denuncie!
Que a fortaleza me ataque!

Quero morrer sufocado,
quero das mortes a hedionda,
quero voltar repelido
pela salsugem do largo,

já sem cabeça e sem perna,
à porta do apartamento,
para feder: de propósito,
somente para Fulana.

E Fulana apelará
para os frascos de perfume.
Abre-os todos: mas de todos
eu salto, e ofendo, e sujo.

E Fulana correrá
(nem se cobriu: vai chispando)
talvez se atire lá do alto.
Seu grito é: socorro! e deus.

Mas não quero nada disso.
Para que chatear Fulana?
Pancada na sua nuca
na minha é que vai doer.

E daí não sou criança.
Fulana estuda meu rosto.
Coitado: de raça branca.
Tadinho: tinha gravata.

Já morto, me quererá?
Esconjuro, se é necrófila...

Fulana é vida, ama as flores,
as artérias e as debêntures.

Sei que jamais me perdoará
matar-me para servi-la.
Fulana quer homens fortes,
couraçados, invasores.

Fulana é toda dinâmica,
tem um motor na barriga.
Suas unhas são elétricas,
seus beijos refrigerados,

desinfetados, gravados
em máquina multilite.
Fulana, como é sadia!
Os enfermos somos nós.

Sou eu, o poeta precário
que fez de Fulana um mito,
nutrindo-me de Petrarca,
Ronsard, Camões e Capim;

que a sei embebida em leite,
carne, tomate, ginástica,
e lhe colo metafísicas,
enigmas, causas primeiras.

Mas, se tentasse construir
outra Fulana que não
essa de burguês sorriso
e de tão burro esplendor?

Mudo-lhe o nome; recorto-lhe
um traje de transparência;
já perde a carência humana;
e bato-a; de tirar sangue.

E lhe dou todas as faces
de meu sonho que especula;
e abolimos a cidade
já sem peso e nitidez.

E vadeamos a ciência,
mar de hipóteses. A lua
fica sendo nosso esquema
de um território mais justo.

E colocamos os dados
de um mundo sem classe e imposto,
e nesse mundo instalamos
os nossos irmãos vingados.

E nessa fase gloriosa,
de contradições extintas,
eu e Fulana, abrasados,
queremos... que mais queremos?

E digo a Fulana: Amiga,
afinal nos compreendemos.
Já não sofro, já não brilhas,
mas somos a mesma coisa.

(Uma coisa tão diversa
da que pensava que fôssemos.)

RESÍDUO

De tudo ficou um pouco.
Do meu medo. Do teu asco.
Dos gritos gagos. Da rosa
ficou um pouco.

Ficou um pouco de luz
captada no chapéu.
Nos olhos do rufião
de ternura ficou um pouco
(muito pouco).

Pouco ficou deste pó
de que teu branco sapato
se cobriu. Ficaram poucas
roupas, poucos véus rotos
pouco, pouco, muito pouco.

Mas de tudo fica um pouco.
Da ponte bombardeada,
de duas folhas de grama,
do maço
– vazio – de cigarros, ficou um pouco.

Pois de tudo fica um pouco.
Fica um pouco de teu queixo
no queixo de tua filha.

De teu áspero silêncio
um pouco ficou, um pouco
nos muros zangados,
nas folhas, mudas, que sobem.

Ficou um pouco de tudo
no pires de porcelana,
dragão partido, flor branca,
ficou um pouco
de ruga na vossa testa,
retrato.

Se de tudo fica um pouco,
mas por que não ficaria
um pouco de mim? no trem
que leva ao norte, no barco,
nos anúncios de jornal,
um pouco de mim em Londres,
um pouco de mim algures?
na consoante?
no poço?

Um pouco fica oscilando
na embocadura dos rios
e os peixes não o evitam,
um pouco: não está nos livros.

De tudo fica um pouco.
Não muito: de uma torneira
pinga esta gota absurda,
meio sal e meio álcool,
salta esta perna de rã,
este vidro de relógio

partido em mil esperanças,
este pescoço de cisne,
este segredo infantil...
De tudo ficou um pouco:
de mim; de ti; de Abelardo.
Cabelo na minha manga,
de tudo ficou um pouco;
vento nas orelhas minhas,
simplório arroto, gemido
de víscera inconformada,
e minúsculos artefatos:
campânula, alvéolo, cápsula
de revólver... de aspirina.
De tudo ficou um pouco.

E de tudo fica um pouco.
Oh abre os vidros de loção
e abafa
o insuportável mau cheiro da memória.

Mas de tudo, terrível, fica um pouco,
e sob as ondas ritmadas
e sob as nuvens e os ventos
e sob as pontes e sob os túneis
e sob as labaredas e sob o sarcasmo
e sob a gosma e sob o vômito
e sob o soluço, o cárcere, o esquecido
e sob os espetáculos e sob a morte de escarlate
e sob as bibliotecas, os asilos, as igrejas triunfantes
e sob ti mesmo e sob teus pés já duros
e sob os gonzos da família e da classe,
fica sempre um pouco de tudo.
Às vezes um botão. Às vezes um rato.

CASO DO VESTIDO

Nossa mãe, o que é aquele
vestido, naquele prego?

Minhas filhas, é o vestido
de uma dona que passou.

Passou quando, nossa mãe?
Era nossa conhecida?

Minhas filhas, boca presa.
Vosso pai evém chegando.

Nossa mãe, dizei depressa
que vestido é esse vestido.

Minhas filhas, mas o corpo
ficou frio e não o veste.

O vestido, nesse prego,
está morto, sossegado.

Nossa mãe, esse vestido
tanta renda, esse segredo!

Minhas filhas, escutai
palavras de minha boca.

Era uma dona de longe,
vosso pai enamorou-se.

E ficou tão transtornado,
se perdeu tanto de nós,

se afastou de toda vida,
se fechou, se devorou,

chorou no prato de carne,
bebeu, brigou, me bateu,

me deixou com vosso berço,
foi para a dona de longe,

mas a dona não ligou.
Em vão o pai implorou.

Dava apólice, fazenda,
dava carro, dava ouro,

beberia seu sobejo,
lamberia seu sapato.

Mas a dona nem ligou.
Então vosso pai, irado,

me pediu que lhe pedisse,
a essa dona tão perversa,

que tivesse paciência
e fosse dormir com ele...

Nossa mãe, por que chorais?
Nosso lenço vos cedemos.

Minhas filhas, vosso pai
chega ao pátio. Disfarcemos.

Nossa mãe, não escutamos
pisar de pé no degrau.

Minhas filhas, procurei
aquela mulher do demo.

E lhe roguei que aplacasse
de meu marido a vontade.

Eu não amo teu marido,
me falou ela se rindo.

Mas posso ficar com ele
se a senhora fizer gosto,

só pra lhe satisfazer,
não por mim, não quero homem.

Olhei para vosso pai,
os olhos dele pediam.

Olhei para a dona ruim,
os olhos dela gozavam.

O seu vestido de renda,
de colo mui devassado,

mais mostrava que escondia
as partes da pecadora.

Eu fiz meu pelo-sinal,
me curvei... disse que sim.

Saí pensando na morte,
mas a morte não chegava.

Andei pelas cinco ruas,
passei ponte, passei rio,

visitei vossos parentes,
não comia, não falava,

tive uma febre terçã,
mas a morte não chegava.

Fiquei fora de perigo,
fiquei de cabeça branca,

perdi meus dentes, meus olhos,
costurei, lavei, fiz doce,

minhas mãos se escalavraram,
meus anéis se dispersaram,

minha corrente de ouro
pagou conta de farmácia.

Vosso pai sumiu no mundo.
O mundo é grande e pequeno.

Um dia a dona soberba
me aparece já sem nada,

pobre, desfeita, mofina,
com sua trouxa na mão.

Dona, me disse baixinho,
não te dou vosso marido,

que não sei onde ele anda.
Mas te dou este vestido,

última peça de luxo
que guardei como lembrança

daquele dia de cobra,
da maior humilhação.

Eu não tinha amor por ele,
ao depois amor pegou.

Mas então ele enjoado
confessou que só gostava

de mim como eu era dantes.
Me joguei a suas plantas,

fiz toda sorte de dengo,
no chão rocei minha cara,

me puxei pelos cabelos,
me lancei na correnteza,

me cortei de canivete,
me atirei no sumidouro,

bebi fel e gasolina,
rezei duzentas novenas,

dona, de nada valeu:
vosso marido sumiu.

Aqui trago minha roupa
que recorda meu malfeito

de ofender dona casada
pisando no seu orgulho.

Recebei esse vestido
e me dai vosso perdão.

Olhei para a cara dela,
quede os olhos cintilantes?

quede graça de sorriso,
quede colo de camélia?

quede aquela cinturinha
delgada como jeitosa?

quede pezinhos calçados
com sandálias de cetim?

Olhei muito para ela,
boca não disse palavra.

Peguei o vestido, pus
nesse prego da parede.

Ela se foi de mansinho
e já na ponta da estrada

vosso pai aparecia.
Olhou pra mim em silêncio,

mal reparou no vestido
e disse apenas: Mulher,

põe mais um prato na mesa.
Eu fiz, ele se assentou,

comeu, limpou o suor,
era sempre o mesmo homem,

comia meio de lado
e nem estava mais velho.

O barulho da comida
na boca, me acalentava,

me dava uma grande paz,
um sentimento esquisito

de que tudo foi um sonho,
vestido não há... nem nada.

Minhas filhas, eis que ouço
vosso pai subindo a escada.

O ELEFANTE

Fabrico um elefante
de meus poucos recursos.
Um tanto de madeira
tirado a velhos móveis
talvez lhe dê apoio.
E o encho de algodão,
de paina, de doçura.
A cola vai fixar
suas orelhas pensas.
A tromba se enovela,
é a parte mais feliz
de sua arquitetura.
Mas há também as presas,
dessa matéria pura
que não sei figurar.
Tão alva essa riqueza
a espojar-se nos circos
sem perda ou corrupção.
E há por fim os olhos,
onde se deposita
a parte do elefante
mais fluida e permanente,
alheia a toda fraude.

Eis meu pobre elefante
pronto para sair
à procura de amigos

num mundo enfastiado
que já não crê nos bichos
e duvida das coisas.
Ei-lo, massa imponente
e frágil, que se abana
e move lentamente
a pele costurada
onde há flores de pano
e nuvens, alusões
a um mundo mais poético
onde o amor reagrupa
as formas naturais.

Vai o meu elefante
pela rua povoada,
mas não o querem ver
nem mesmo para rir
da cauda que ameaça
deixá-lo ir sozinho.
É todo graça, embora
as pernas não ajudem
e seu ventre balofo
se arrisque a desabar
ao mais leve empurrão.
Mostra com elegância
sua mínima vida,
e não há na cidade
alma que se disponha
a recolher em si
desse corpo sensível
a fugitiva imagem,
o passo desastrado
mas faminto e tocante.

Mas faminto de seres
e situações patéticas,
de encontros ao luar
no mais profundo oceano,
sob a raiz das árvores
ou no seio das conchas,
de luzes que não cegam
e brilham através
dos troncos mais espessos,
esse passo que vai
sem esmagar as plantas
no campo de batalha,
à procura de sítios,
segredos, episódios
não contados em livro,
de que apenas o vento,
as folhas, a formiga
reconhecem o talhe,
mas que os homens ignoram,
pois só ousam mostrar-se
sob a paz das cortinas
à pálpebra cerrada.

E já tarde da noite
volta meu elefante,
mas volta fatigado,
as patas vacilantes
se desmancham no pó.
Ele não encontrou
o de que carecia,
o de que carecemos,
eu e meu elefante,
em que amo disfarçar-me.

Exausto de pesquisa,
caiu-lhe o vasto engenho
como simples papel.
A cola se dissolve
e todo seu conteúdo
de perdão, de carícia,
de pluma, de algodão,
jorra sobre o tapete,
qual mito desmontado.
Amanhã recomeço.

MORTE DO LEITEIRO

A Cyro Novaes

Há pouco leite no país,
é preciso entregá-lo cedo.
Há muita sede no país,
é preciso entregá-lo cedo.
Há no país uma legenda,
que ladrão se mata com tiro.

Então o moço que é leiteiro
de madrugada com sua lata
sai correndo e distribuindo
leite bom para gente ruim.
Sua lata, suas garrafas
e seus sapatos de borracha
vão dizendo aos homens no sono
que alguém acordou cedinho
e veio do último subúrbio
trazer o leite mais frio
e mais alvo da melhor vaca
para todos criarem força
na luta brava da cidade.

Na mão a garrafa branca
não tem tempo de dizer
as coisas que lhe atribuo
nem o moço leiteiro ignaro,

morador na Rua Namur,
empregado no entreposto,
com 21 anos de idade,
sabe lá o que seja impulso
de humana compreensão.
E já que tem pressa, o corpo
vai deixando à beira das casas
uma apenas mercadoria.

E como a porta dos fundos
também escondesse gente
que aspira ao pouco de leite
disponível em nosso tempo,
avancemos por esse beco,
peguemos o corredor,
depositemos o litro...
Sem fazer barulho, é claro,
que barulho nada resolve.

Meu leiteiro tão sutil,
de passo maneiro e leve,
antes desliza que marcha.
É certo que algum rumor
sempre se faz: passo errado,
vaso de flor no caminho,
cão latindo por princípio,
ou um gato quizilento.
E há sempre um senhor que acorda,
resmunga e torna a dormir.

Mas este acordou em pânico
(ladrões infestam o bairro),
não quis saber de mais nada.

O revólver da gaveta
saltou para sua mão.
Ladrão? se pega com tiro.
Os tiros na madrugada
liquidaram meu leiteiro.
Se era noivo, se era virgem,
se era alegre, se era bom,
não sei,
é tarde para saber.

Mas o homem perdeu o sono
de todo, e foge pra rua.
Meu Deus, matei um inocente.
Bala que mata gatuno
também serve pra furtar
a vida de nosso irmão.
Quem quiser que chame médico,
polícia não bota a mão
neste filho de meu pai.
Está salva a propriedade.
A noite geral prossegue,
a manhã custa a chegar,
mas o leiteiro
estatelado, ao relento,
perdeu a pressa que tinha.

Da garrafa estilhaçada,
no ladrilho já sereno
escorre uma coisa espessa
que é leite, sangue... não sei.
Por entre objetos confusos,
mal redimidos da noite,
duas cores se procuram,

suavemente se tocam,
amorosamente se enlaçam,
formando um terceiro tom
a que chamamos aurora.

NOITE NA REPARTIÇÃO

O OFICIAL ADMINISTRATIVO:

Papel,
respiro-te na noite de meu quarto,
no sabão passas a meu corpo, na água te bebo.
Até quando, sim, até quando
te provarei por única ambrosia?
Eu te amo e tu me destróis,
abraço-te e me rasgas,
beijo-te, amo-te, detesto-te, preciso de ti, papel, papel, papel!
Ingrato, lês em mim sem me decifrares.
O corpo de meu filho estava amortalhado em
papel,
em papel dormiam as roupas e brinquedos, em papel os doces
do casamento. Em grandes pastas os rios, os caminhos
se deixam viajar, e a diligência roda
num chão fofo, azul e branco, de papel escrito.
Basta!
Quero carne, frutas, vida acesa,
quero rolar em fêmeas, ir ao mercado, ao Araguaia, ao amor.
Quero pegar em mão de gente, ver corpo de gente,
falar língua de gente, obliviar os códigos,
quero matar o DASP, quero incinerar os arquivos de amianto.
Sou um homem, ou pelo menos quero ser um deles!

O PAPEL:

Tu te queixas...
Distrais-te na queixa e a mágoa que exalas
é perfume que te unge, flor que te acarinha.
Dissolves-te na queixa, e tornado incenso, halo, paz
te sentes bem feliz enquanto eu sem consolo
espero tua brutalidade
sem a qual não vivo nem sou.
Teu escravo, isto sim, tua coisa calada,
teu servo branco, tapete onde passeias e compões.
Tu me fazes sofrer, bicho implacável mais que a onça
o é para o galho que pisa.
Por que não sou sem ti? Por que não existo, como as árvores, por
                                                   [conta própria?
Sou apenas papel, e teu misterioso poder
me oprime e suja.
E te revoltas...
Quisera dizer-te nomes feios independente de tua mão.
Que as palavras brotassem em mim, formigas no tronco,
moscas no ar; viessem para fora em caracteres ásperos,
crescessem, casas e exércitos, e te esmagassem.
Homenzinho porco, vilão amarelo e cardíaco!
(*Avança para o burocrata, que se protege atrás da porta.*)

A PORTA:

De tanto abrir e fechar perdi a vergonha.
Estou exausta, cética, arruinada.
Discussões não adiantam, porta é porta.
Perdi também a fé, e por economia
  irão, quem sabe, me transformar em janela
  de onde a virgem

enfrenta a noite
e suspira.
Seu ai de dentifrício americano cortará o céu
e me salvará.
Talvez me tornem ainda gaveta de segredos,
bolsa, calça de mulher, carteira de identidade,
simples alecrim, alga ou pedra.
Sim: é melhor pedra.
Dói nos outros, em si não.
Uma pedra no coração.

A ARANHA:

Chega!
Espero que não me queiras nascer um simples vaga-lume.
Fica quieta, me deixa subir
e fazer no teto um lustre, uma rosa.
Sou aranha-tatanha, preciso viver.
A vida é dura, os corvos não esperam,
ouço os sinos da noite, vejo os funerais,
me sinto viúva, regresso à Inglaterra,
a aranha é o mais triste dos seres vivos.

O OFICIAL ADMINISTRATIVO:

Depois de mim, é óbvio.
Sou o número um – o triste dos tristíssimos.
A outros o privilégio
de embriagar-se. *Non possumus*.

A GARRAFA DE UÍSQUE:

Não pode?

O GARRAFÃO DE CACHAÇA:

Não pode por quê?

O COQUETEL:

Experimenta. Sou doce. Sou seco.

TODOS OS ÁLCOOIS:

— Me prova! me prova!
É a festa do rei!
É de graça! de graça!
Me bebe! me bebe!

O OFICIAL ADMINISTRATIVO:

Mas se eu não sei beber. Nunca aprendi.

O PAPEL:

Ele não sabe que o artigo 14
faculta pileques de gim e conhaque;
mal sabe ele que o artigo 18
autoriza porres até de absinto;
como ignora que o artigo 40
manda beber fogo, cicuta, querosene;
que por motivo de força maior
cobre derretido se pode sorver;
se pode chegar ébrio na repartição,
se pode insultar o ícone da parede,
encher de vermute o tinteiro pálido,
ensopar em genebra velhos decretos

e nos casos tais e em certas condições...
Ele não sabe.

A TRAÇA:

Que burro.

OS ÁLCOOIS:

Sua alma sua palma
seu tédio seu epicédio
sua fraqueza sua condenação.
Somos o cristal, o mito, a estrela,
em nós o mundo recomeça,
as contradições beijam-se a boca,
o espesso conduz ao sutil.
Somos a essência, o logos, o poema.
Brandy anisette kümmel nuvens-azuis
cascata de palavras...

A ARANHA:

Não me interessa.

O OFICIAL ADMINISTRATIVO:

Para beber é preciso amar.
Sinto-me tarde para aprender.

O PAPEL:

Ele não sabe que a paixão amor
segundo reza o artigo 90...

A TRAÇA:

É uma zebra.

O TELEFONE:

Amor?
Através de mim os corpos se amam,
alguns se falam em silêncio,
outros chamam e não aguentam
o peso e o amargor da voz.
Inventaram-me para negócios,
casos de doença e talvez de guerra.
Mas fui derivando para o amor.
Como sofro! Todas as dores
escorrem pelo bocal,
deixam apenas saliva...
Cuspo de amor fingindo lágrimas.

A TRAÇA:

Namorar na hora do expediente!

O OFICIAL ADMINISTRATIVO:

Não resolve. Nada resolve.
O mesmo revólver resolverá?
Amor e morte são certidões,
fichas...

A TRAÇA:

Despachos interlocutórios.

A ARANHA:

Lavrados na minha teia.

A VASSOURA ELÉTRICA:

Senhores deputados, desculpem. Sinto que é hora de varrer.
 (*Põe-se a varrer furiosamente, a porta cai com um gemido, as garrafas partem-se, escorrem líquidos de oitenta cores. O oficial administrativo tira os processos da mesa da direita, jogando fora o processo de cima e colocando os demais na mesa da esquerda. Em seguida, retira-os desta última e volta a depositá-los na mesa da direita, sempre atirando fora o volume que estiver por cima. E assim infinitamente. Do garrafão de cachaça desprende-se uma pomba, e paira no meio da sala, banhada em luz macia.*)

A POMBA:

Papel, homem, bichos, coisas, calai-vos.
Trago uma palavra quase de amor, palavra de perdão.
Quero que vos junteis e compreendais a vida.
 Por que sofrerás sempre, homem, pelo papel que adoras?
A carta, o ofício, o telegrama têm suas secretas consolações.
Confissões difíceis pedem folha branca.
Não grites, não suspires, não te mates: escreve.
Escreve romances, relatórios, cartas de suicídio, exposições de
[motivos,
mas escreve. Não te rendas ao inimigo. Escreve memórias, faturas.
E por que desprezas o homem, papel, se ele te fecunda com dedos
[sujos mas dolorosos?
Pensa na doçura das palavras. Pensa na dureza das palavras.
Pensa no mundo das palavras. Que febre te comunicam. Que
[riqueza.
Mancha de tinta ou gordura, em todo caso mancha de vida.
Passar os dedos no rosto branco... não, na superfície branca.

Certos papéis são sensíveis, certos livros nos possuem.
Mas só o homem te compreende. Acostuma-te, beija-o.
Porta decaída, ergue-te, serve aos que passam.
Teu destino é o arco, são as bênçãos e consolações para todos.
Pequena aranha pessimista, sei que também tens direito ao idílio.
Vassoura, traça, regressai ao vosso comportamento essencial.
Telefone, já és poesia.
Preto e patético, fica entre as coisas.
Que cada coisa seja uma coisa bela.

O PAPEL, A VASSOURA, OS PROCESSOS, A PORTA,
OS CACOS DE GARRAFA, *surpresos:*

Uma coisa bela?...

A POMBA, *no auge do entusiasmo, tornando-se, de branca, rosada:*

Uma coisa bela! uma coisa justa!

A TRAÇA:

Precisarei adaptar-me...
Só roerei belas caligrafias.

CORO EM TORNO DO OFICIAL ADMINISTRATIVO:

Uma coisa bela. Uma coisa justa.

O oficial administrativo soergue o busto, suas vestes cinzentas tombam, aparece de branco, luminoso, ganha subitamente a condição humana:

Uma coisa bela?!...

MORTE NO AVIÃO

Acordo para a morte.
Barbeio-me, visto-me, calço-me.
É meu último dia: um dia
cortado de nenhum pressentimento.
Tudo funciona como sempre.
Saio para a rua. Vou morrer.

Não morrerei agora. Um dia
inteiro se desata à minha frente.
Um dia como é longo. Quantos passos
na rua, que atravesso. E quantas coisas
no tempo, acumuladas. Sem reparar,
sigo meu caminho. Muitas faces
comprimem-se no caderno de notas.

Visito o banco. Para que
esse dinheiro azul se algumas horas
mais, vem a polícia retirá-lo
do que foi meu peito e está aberto?
Mas não me vejo cortado e ensanguentado.
Estou limpo, claro, nítido, estival.
Não obstante caminho para a morte.

Passo nos escritórios. Nos espelhos,
nas mãos que apertam, nos olhos míopes, nas bocas
que sorriem ou simplesmente falam eu desfilo.

Não me despeço, de nada sei, não temo:
a morte dissimula
seu bafo e sua tática.

Almoço. Para quê? Almoço um peixe em ouro e creme.
É meu último peixe em meu último
garfo. A boca distingue, escolhe, julga,
absorve. Passa música no doce, um arrepio
de violino ou vento, não sei. Não é a morte.
É o sol. Os bondes cheios. O trabalho.
Estou na cidade grande e sou um homem
na engrenagem. Tenho pressa. Vou morrer.
Peço passagem aos lentos. Não olho os cafés
que retinem xícaras e anedotas,
como não olho o muro do velho hospital em sombra.
Nem os cartazes. Tenho pressa. Compro um jornal. É pressa,
embora vá morrer.

O dia na sua metade já rota não me avisa
que começo também a acabar. Estou cansado.
Queria dormir, mas os preparativos. O telefone.
A fatura. A carta. Faço mil coisas
que criarão outras mil, aqui, além, nos Estados Unidos.
Comprometo-me ao extremo, combino encontros
a que nunca irei, pronuncio palavras vãs,
minto dizendo: até amanhã. Pois não haverá.

Declino com a tarde, minha cabeça dói, defendo-me,
a mão estende um comprimido: a água
afoga a menos que dor, a mosca,
o zumbido... Disso não morrerei: a morte engana,
como um jogador de futebol a morte engana,
como os caixeiros escolhe
meticulosa, entre doenças e desastres.

Ainda não é a morte, é a sombra
sobre edifícios fatigados, pausa
entre duas corridas. Desfalece o comércio de atacado,
vão repousar os engenheiros, os funcionários, os pedreiros.
Mas continuam vigilantes os motoristas, os garçons,
mil outras profissões noturnas. A cidade
muda de mão, num golpe.

Volto à casa. De novo me limpo.
Que os cabelos se apresentem ordenados
e as unhas não lembrem a antiga criança rebelde.
A roupa sem pó. A mala sintética.
Fecho meu quarto. Fecho minha vida.
O elevador me fecha. Estou sereno.

Pela última vez miro a cidade.
Ainda posso desistir, adiar a morte,
não tomar esse carro. Não seguir para.
Posso voltar, dizer: amigos,
esqueci um papel, não há viagem,
ir ao cassino, ler um livro.

Mas tomo o carro. Indico o lugar
onde algo espera. O campo. Refletores.
Passo entre mármores, vidro, aço cromado.
Subo uma escada. Curvo-me. Penetro
no interior da morte.

A morte dispôs poltronas para o conforto
da espera. Aqui se encontram
os que vão morrer e não sabem.
Jornais, café, chicletes, algodão para o ouvido,
pequenos serviços cercam de delicadeza

nossos corpos amarrados.
Vamos morrer, já não é apenas
meu fim particular e limitado,
somos vinte a ser destruídos,
morreremos vinte,
vinte nos espatifaremos, é agora.

Ou quase. Primeiro a morte particular,
restrita, silenciosa, do indivíduo.
Morro secretamente e sem dor,
para viver apenas como pedaço de vinte,
e me incorporo todos os pedaços
dos que igualmente vão perecendo calados.
Somos um em vinte, ramalhete
de sopros robustos prestes a desfazer-se.

E pairamos,
frigidamente pairamos sobre os negócios
e os amores da região.
Ruas de brinquedo se desmancham,
luzes se abafam; apenas
colchão de nuvens, morros se dissolvem,
apenas
um tubo de frio roça meus ouvidos,
um tubo que se obtura: e dentro
da caixa iluminada e tépida vivemos
 em conforto e solidão e calma e nada.

Vivo
 meu instante final e é como
 se vivesse há muitos anos
 antes e depois de hoje,
 uma contínua vida irrefreável,

onde não houvesse pausas, síncopes, sonos,
tão macia na noite é esta máquina e tão facilmente ela corta
blocos cada vez maiores de ar.

Sou vinte na máquina
que suavemente respira,
entre placas estelares e remotos sopros de terra,
sinto-me natural a milhares de metros de altura,
nem ave nem mito,
guardo consciência de meus poderes,
e sem mistificação eu voo,
sou um corpo voante e conservo bolsos, relógios, unhas,
ligado à terra pela memória e pelo costume dos músculos,
carne em breve explodindo.

Ó brancura, serenidade sob a violência
da morte sem aviso prévio,
cautelosa, não obstante irreprimível aproximação de um perigo
                                                       [atmosférico,
golpe vibrado no ar, lâmina de vento
no pescoço, raio
choque estrondo fulguração
rolamos pulverizados
caio verticalmente e me transformo em notícia.

DESFILE

O rosto no travesseiro,
escuto o tempo fluindo
no mais completo silêncio.
Como remédio entornado
em camisa de doente;
como dedo na penugem
de braço de namorada;
como vento no cabelo,
fluindo: fiquei mais moço.
Já não tenho cicatriz.
Vejo-me noutra cidade.
Sem mar nem derivativo,
o corpo era bem pequeno
para tanta insubmissão.
E tento fazer poesia,
queimar casas, me esbaldar,
nada resolve: mas tudo
se resolveu em dez anos
(memórias do *smoking* preto).
O tempo fluindo: passos
de borracha no tapete,
lamber de língua de cão
na face: o tempo fluindo.
Tão frágil me sinto agora.
A montanha do colégio.
Colunas de ar fugiam
das bocas, na cerração.

Estou perdido na névoa,
na ausência, no ardor contido.
O mundo me chega em cartas.
A guerra, a gripe espanhola,
descoberta do dinheiro,
primeira calça comprida,
sulco de prata de Halley,
despenhadeiro da infância.
Mais longe, mais baixo, vejo
uma estátua de menino
ou um menino afogado.
Mais nada: o tempo fluiu.
No quarto em forma de túnel
a luz veio sub-reptícia.
Passo a mão na minha barba.
Cresceu. Tenho cicatriz.
E tenho mãos experientes.
Tenho calças experientes.
Tenho sinais combinados.
Se eu morrer, morre comigo
um certo modo de ver.
Tudo foi prêmio do tempo
e no tempo se converte.
Pressinto que ele ainda flui.
Como sangue; talvez água
de rio sem correnteza.
Como planta que se alonga
enquanto estamos dormindo.
Vinte anos ou pouco mais,
tudo estará terminado.
O tempo fluiu sem dor.
O rosto no travesseiro,
fecho os olhos, para ensaio.

CONSOLO NA PRAIA

Vamos, não chores…
A infância está perdida.
A mocidade está perdida.
Mas a vida não se perdeu.

O primeiro amor passou.
O segundo amor passou.
O terceiro amor passou.
Mas o coração continua.

Perdeste o melhor amigo.
Não tentaste qualquer viagem.
Não possuis casa, navio, terra.
Mas tens um cão.

Algumas palavras duras,
em voz mansa, te golpearam.
Nunca, nunca cicatrizam.
Mas, e o *humour*?

A injustiça não se resolve.
À sombra do mundo errado
murmuraste um protesto tímido.
Mas virão outros.

Tudo somado, devias
precipitar-te, de vez, nas águas.
Estás nu na areia, no vento…
Dorme, meu filho.

RETRATO DE FAMÍLIA

Este retrato de família
está um tanto empoeirado.
Já não se vê no rosto do pai
quanto dinheiro ele ganhou.

Nas mãos dos tios não se percebem
as viagens que ambos fizeram.
A avó ficou lisa, amarela,
sem memórias da monarquia.

Os meninos, como estão mudados.
O rosto de Pedro é tranquilo,
usou os melhores sonhos.
E João não é mais mentiroso.

O jardim tornou-se fantástico.
As flores são placas cinzentas.
E a areia, sob pés extintos,
é um oceano de névoa.

No semicírculo das cadeiras
nota-se certo movimento.
As crianças trocam de lugar,
mas sem barulho: é um retrato.

Vinte anos é um grande tempo.
Modela qualquer imagem.
Se uma figura vai murchando,
outra, sorrindo, se propõe.

Esses estranhos assentados,
meus parentes? Não acredito.
São visitas se divertindo
numa sala que se abre pouco.

Ficaram traços da família
perdidos no jeito dos corpos.
Bastante para sugerir
que um corpo é cheio de surpresas.

A moldura deste retrato
em vão prende suas personagens.
Estão ali voluntariamente,
 saberiam – se preciso – voar

Poderiam sutilizar-se
no claro-escuro do salão,
ir morar no fundo dos móveis
ou no bolso de velhos coletes.

A casa tem muitas gavetas
e papéis, escadas compridas.
Quem sabe a malícia das coisas,
quando a matéria se aborrece?

O retrato não me responde,
ele me fita e se contempla
nos meus olhos empoeirados.
E no cristal se multiplicam

os parentes mortos e vivos.
Já não distingo os que se foram
dos que restaram. Percebo apenas
a estranha ideia de família

viajando através da carne.

INTERPRETAÇÃO DE DEZEMBRO

É talvez o menino
suspenso na memória.
Duas velas acesas
no fundo do quarto.
E o rosto judaico
na estampa, talvez.

O cheiro do fogão
vário a cada panela.
São pés caminhando
na neve, no sertão
ou na imaginação.

A boneca partida
antes de brincada,
também uma roda
rodando no jardim,
e o trem de ferro
passando sobre mim
tão leve: não me esmaga,
antes me recorda.

É a carta escrita
com letras difíceis,
posta num correio
sem selo e censura.

A janela aberta
onde se debruçam
olhos caminhantes,
olhos que te pedem
e não sabes dar.

O velho dormindo
na cadeira imprópria.
O jornal rasgado.
O cão farejando.
A barata andando.
O bolo cheirando.
O vento soprando.
E o relógio inerte.

O cântico de missa
mais do que abafado,
numa rua branca
o vestido branco
revoando ao frio.
O doce escondido,
o livro proibido,
o banho frustrado,
o sonho do baile
sobre chão de água
ou aquela viagem
ao sem-fim do tempo
lá onde não chega
a lei dos mais velhos.

É o isolamento
em frente às castanhas,
a zona de pasmo

na bola de som,
a mancha de vinho
na toalha bêbeda,
desgosto de quinhentas
bocas engolindo
falsos caramelos
ainda orvalhados
do pranto das ruas.

A cabana oca
na terra sem música.
O silêncio interessado
no país das formigas.
Sono de lagartos
que não ouvem o sino.
Conversa de peixes
sobre coisas líquidas.
São casos de aranha
em luta com mosquitos.
Manchas na madeira
cortada e apodrecida.
Usura da pedra
em lento solilóquio.
A mina de mica
e esse caramujo.
A noite natural
e não encantada.

Algo irredutível
ao sopro das lendas
mas incorporado
ao coração do mito.

É o menino em nós
ou fora de nós
recolhendo o mito.

COMO UM PRESENTE

Teu aniversário, no escuro,
não se comemora.

Escusa de levar-te esta gravata.
Já não tens roupa, nem precisas.
Numa toalha no espaço há o jantar,
mas teu jantar é silêncio, tua fome não come.

Não mais te peço a mão enrugada
para beijar-lhe as veias grossas.
Nem procuro nos olhos estriados
aquela interrogação: está chegando?

Em verdade paraste de fazer anos.
Não envelheces. O último retrato
vale para sempre. És um homem cansado
mas fiel: carteira de identidade.

Tua imobilidade é perfeita. Embora a chuva,
o desconforto deste chão. Mas sempre amaste
o duro, o relento, a falta. O frio sente-se
em mim, que te visito. Em ti, a calma.

Como compraste calma? Não a tinhas.
Como aceitaste a noite? Madrugavas.
Teu cavalo corta o ar, guardo uma espora

de tua bota, um grito de teus lábios,
sinto em mim teu copo cheio, tua faca,
tua pressa, teu estrondo... encadeados.

Mas teu segredo não descubro.
Não está nos papéis
do cofre. Nem nas casas que habitaste.
No casarão azul
vejo a fieira de quartos sem chave, ouço teu passo
noturno, teu pigarro, e sinto os bois
e sinto as tropas que levavas pela Mata
e sinto as eleições (teu desprezo) e sinto a Câmara
e passos na escada, que sobem,
e soldados que sobem, vermelhos,
e armas que te vão talvez matar,
mas que não ousam.
Vejo, no rio, uma canoa,
nela três homens.
"Inda que mal pergunte, o Coronel sabe nadar?
Porque esta canoa, louvado Deus, pode virar,
e sua criação nunca mais que o senhor há de encontrar."
Tua mão saca do bolso uma coisa. Tua voz vai à frente.
"Coronel, me desculpe, não se pode caçoar?"

Vejo-te mais longe. Ficaste pequeno.
Impossível reconhecer teu rosto, mas sei que és tu.
Vem da névoa, das memórias, dos baús atulhados,
da monarquia, da escravidão, da tirania familiar.
És bem frágil e a escola te engole.
Faria de ti talvez um farmacêutico ranzinza, um doutor confuso.
Para começar: uma dúzia de bolos!
Quem disse?
Entraste pela porta, saíste pela janela

– conheceu, seu mestre? – quem quiser que conte outra,
mas tu ganhavas o mundo e nele aprenderias tua sucinta gramática,
a mão do mundo pegaria de tua mão e desenharia tua letra firme,
o livro do mundo te entraria pelos olhos e te imprimiria sua
                                    [completa e clara ciência,
mas não descubro teu segredo.

É talvez um erro amarmos assim nossos parentes.
A identidade do sangue age como cadeia,
fora melhor rompê-la. Procurar meus parentes na Ásia,
onde o pão seja outro e não haja bens de família a preservar.
Por que ficar neste município, neste sobrenome?
Taras, doenças, dívidas; mal se respira no sótão.
Quisera abrir um buraco, varar o túnel, largar minha terra,
passando por baixo de seus problemas e lavouras, da eterna
                                    [agência do correio,
e inaugurar novos antepassados em uma nova cidade.
Quisera abandonar-te, negar-te, fugir-te,
mas curioso:
já não estás, e te sinto,
não me falas, e te converso.
E tanto nos entendemos, no escuro,
no pó, no sono.

E pergunto teu segredo.
Não respondes. Não o tinhas.
Realmente não o tinhas, me enganavas?
Então aquele maravilhoso poder de abrir garrafas sem saca-rolha,
de desatar nós, atravessar rios a cavalo, assistir, sem chorar, morte
                                    [de filho,
expulsar assombrações apenas com teu passo duro,
o gado que sumia e voltava, embora a peste varresse as fazendas,
o domínio total sobre irmãos, tios, primos, camaradas, caixeiros,

           [fiscais do governo, beatas, padres, médicos, mendigos,
           [loucos mansos, loucos agitados, animais, coisas:
então não era segredo?

E tu que me dizes tanto
disso não me contas nada.

Perdoa a longa conversa.
Palavras tão poucas, antes!
É certo que intimidavas.

Guardavas talvez o amor
em tripla cerca de espinhos.

Já não precisas guardá-lo.
No escuro em que fazes anos,
no escuro,
é permitido sorrir.

RUA DA MADRUGADA

A chuva pingando
desenterrou meu pai.
Nunca o imaginara
assim sepultado
ao peso dos bondes
em rua de asfalto,
palmeiras gigantes balouçando na praia
e uma voz de sono
a alisar-me o cabelo
de onde escorrem músicas,
dinheiro perdido,
confissões exaustas,
fichas, copos, pérolas.

Sabê-lo exposto
a esse bafo úmido
que vem dos recifes
e bate na cara,
desejar amá-lo
sem qualquer disfarce,
cobri-lo de beijos, flores, passarinhos,
corrigir o tempo,
passar-lhe o calor
de um lento carinho
maduro e recluso,
confissões exaustas
e uma paz de lã.

Sentir-me tão pobre
de bens naturais,
querer transportá-lo
ao velho sofá
da antiga fazenda,
mas pingos de chuva
mas placas de lama sob luzes vermelhas
mas tudo que existe
madrugada e vento
entre um peito e outro,
brutos trapiches,
confissões exaustas
e ingratidão.

Que pode um homem
ao alvorecer
– gosto de derrota
na boca e no ar –
ou a qualquer momento
em qualquer país?
Tudo que falou, mentiu ou bebeu
e o mais que se oculta
nas pregas do sono,
pontas de cigarro,
a chuva nas luzes,
confissões exaustas,
náusea matinal.

Vagas montanhas,
ondas esverdeando,
jornais já brancos,
música indecisa
tentando criar

condições de espera,
dia pálido, canção balbuciada:
já nada me lembra
o asfalto perfeito.
Alçapões desertos,
o corpo se move,
confissões exaustas,
rudemente, caminho de casa.

IDADE MADURA

As lições da infância
desaprendidas na idade madura.
Já não quero palavras
nem delas careço.
Tenho todos os elementos
ao alcance do braço.
Todas as frutas
e consentimentos.
Nenhum desejo débil.
Nem mesmo sinto falta
do que me completa e é quase sempre melancólico.

Estou solto no mundo largo.
Lúcido cavalo
com substância de anjo
circula através de mim.
Sou varado pela noite, atravesso os lagos frios
absorvo epopeia e carne,
bebo tudo,
desfaço tudo,
torno a criar, a esquecer-me:
durmo agora, recomeço ontem.

De longe vieram chamar-me.
Havia fogo na mata.
Nada pude fazer,

nem tinha vontade.
Toda a água que possuía
irrigava jardins particulares
de atletas retirados, freiras surdas, funcionários demitidos.
Nisso vieram os pássaros,
rubros, sufocados, sem canto,
e pousaram a esmo.
Todos se transformaram em pedra.
Já não sinto piedade.

Antes de mim outros poetas,
depois de mim outros e outros
estão cantando a morte e a prisão.
Moças fatigadas se entregam, soldados se matam
no centro da cidade vencida.
Resisto e penso
numa terra enfim despojada de plantas inúteis
num país extraordinário, nu e terno,
qualquer coisa de melodioso,
não obstante mudo,
além dos desertos onde passam tropas, dos morros
onde alguém colocou bandeiras com enigmas,
e resolvo embriagar-me.

Já não dirão que estou resignado
e perdi os melhores dias.
Dentro de mim, bem no fundo,
há reservas colossais de tempo,
futuro, pós-futuro, pretérito,
há domingos, regatas, procissões,
há mitos proletários, condutos subterrâneos,
janelas em febre, massas de água salgada, meditação e sarcasmo.

Ninguém me fará calar, gritarei sempre
que se abafe um prazer, apontarei os desanimados,
negociarei em voz baixa com os conspiradores,
transmitirei recados que não se ousa dar nem receber,
serei, no circo, o palhaço,
serei médico, faca de pão, remédio, toalha,
serei bonde, barco, loja de calçados, igreja, enxovia,
serei as coisas mais ordinárias e humanas, e também as excepcionais:
tudo depende da hora
e de certa inclinação feérica,
viva em mim qual um inseto.

Idade madura em olhos, receitas e pés, ela me invade
com sua maré de ciências afinal superadas.
Posso desprezar ou querer os institutos, as lendas,
descobri na pele certos sinais que aos vinte anos não via.
Eles dizem o caminho,
embora também se acovardem
em face a tanta claridade roubada ao tempo.
Mas eu sigo, cada vez menos solitário,
em ruas extremamente dispersas,
transito no canto do homem ou da máquina que roda,
aborreço-me de tanta riqueza, jogo-a toda por um número de casa,
e ganho.

VERSOS À BOCA DA NOITE

Sinto que o tempo sobre mim abate
sua mão pesada. Rugas, dentes, calva...
Uma aceitação maior de tudo,
e o medo de novas descobertas.

Escreverei sonetos de madureza?
Darei aos outros a ilusão de calma?
Serei sempre louco? sempre mentiroso?
Acreditarei em mitos? Zombarei do mundo?

Há muito suspeitei o velho em mim.
Ainda criança, já me atormentava.
Hoje estou só. Nenhum menino salta
de minha vida, para restaurá-la.

Mas se eu pudesse recomeçar o dia!
Usar de novo minha adoração,
meu grito, minha fome... Vejo tudo
impossível e nítido, no espaço.

Lá onde não chegou minha ironia,
entre ídolos de rosto carregado,
ficaste, explicação de minha vida,
como os objetos perdidos na rua.

As experiências se multiplicaram:
viagens, furtos, altas solidões,
o desespero, agora cristal frio,
a melancolia, amada e repelida,

e tanta indecisão entre dois mares,
entre duas mulheres, duas roupas.
Toda essa mão para fazer um gesto
que de tão frágil nunca se modela,

e fica inerte, zona de desejo
selada por arbustos agressivos.
(Um homem se contempla sem amor,
se despe sem qualquer curiosidade.)

Mas vêm o tempo e a ideia de passado
visitar-te na curva de um jardim.
Vem a recordação, e te penetra
dentro de um cinema, subitamente.

E as memórias escorrem do pescoço,
do paletó, da guerra, do arco-íris;
enroscam-se no sono e te perseguem,
à busca de pupila que as reflita.

E depois das memórias vem o tempo
trazer novo sortimento de memórias,
até que, fatigado, te recuses
e não saibas se a vida é ou foi.

Esta casa, que miras de passagem,
estará no Acre? na Argentina? em ti?
que palavra escutaste, e onde, quando?
seria indiferente ou solidária?

Um pedaço de ti rompe a neblina,
voa talvez para a Bahia e deixa
outros pedaços, dissolvidos no atlas,
em País-do-riso e em tua ama preta.

Que confusão de coisas ao crepúsculo!
Que riqueza! Sem préstimo, é verdade.
Bom seria captá-las e compô-las
num todo sábio, posto que sensível:

uma ordem, uma luz, uma alegria
baixando sobre o peito despojado.
E já não era o furor dos vinte anos
nem a renúncia às coisas que elegeu,

mas a penetração do lenho dócil,
um mergulho em piscina, sem esforço,
um achado sem dor, uma fusão,
tal uma inteligência do universo

comprada em sal, em rugas e cabelo.

NO PAÍS DOS ANDRADES

No país dos Andrades, onde o chão
é forrado pelo cobertor vermelho de meu pai,
indago um objeto desaparecido há trinta anos,
que não sei se furtaram, mas só acho formigas.

No país dos Andrades, lá onde não há cartazes
e as ordens são peremptórias, sem embargo tácitas,
já não distingo porteiras, divisas, certas rudes pastagens
plantadas no ano zero e transmitidas no sangue.

No país dos Andrades, somem agora os sinais
que fixavam a fazenda, a guerra e o mercado,
bem como outros distritos; solidão das vertentes.
Eis que me vejo tonto, agudo e suspeitoso.

Será outro país? O governo o pilhou? O tempo o corrompeu?
No país dos Andrades, secreto latifúndio,
a tudo pergunto e invoco; mas o escuro soprou; e ninguém me
secunda.

Adeus, vermelho
(viajarei) cobertor de meu pai.

NOTÍCIAS

Entre mim e os mortos há o mar
e os telegramas.
Há anos que nenhum navio parte
nem chega. Mas sempre os telegramas
frios, duros, sem conforto.

Na praia, e sem poder sair.
Volto, os telegramas vêm comigo.
Não se calam, a casa é pequena
para um homem e tantas notícias.

Vejo-te no escuro, cidade enigmática.
Chamas com urgência, estou paralisado.
De ti para mim, apelos,
de mim para ti, silêncio.
Mas no escuro nos visitamos.

Escuto vocês todos, irmãos sombrios.
No pão, no couro, na superfície
macia das coisas sem raiva,
sinto vozes amigas, recados
furtivos, mensagens em código.

Os telegramas vieram no vento.
Quanto sertão, quanta renúncia atravessaram!
Todo homem sozinho devia fazer uma canoa
e remar para onde os telegramas estão chamando.

AMÉRICA

Sou apenas um homem.
Um homem pequenino à beira de um rio.
Vejo as águas que passam e não as compreendo.
Sei apenas que é noite porque me chamam de casa.
Vi que amanheceu porque os galos cantaram.
Como poderia compreender-te, América?
É muito difícil.

Passo a mão na cabeça que vai embranquecer.
O rosto denuncia certa experiência.
A mão escreveu tanto, e não sabe contar!
A boca também não sabe.
Os olhos sabem – e calam-se.
Ai, América, só suspirando.
Suspiro brando, que pelos ares vai se exalando.

Lembro alguns homens que me acompanhavam e hoje não
[acompanham.
Inútil chamá-los: o vento, as doenças, o simples tempo
dispersaram esses velhos amigos em pequenos cemitérios do
[interior,
por trás de cordilheiras ou dentro do mar.
Eles me ajudariam, América, neste momento
de tímida conversa de amor.

Ah, por que tocar em cordilheiras e oceanos!
Sou tão pequeno (sou apenas um homem)
e verdadeiramente só conheço minha terra natal,
dois ou três bois, o caminho da roça,
alguns versos que li há tempos, alguns rostos que contemplei.
Nada conto do ar e da água, do mineral e da folha,
ignoro profundamente a natureza humana
e acho que não devia falar nessas coisas.

Uma rua começa em Itabira, que vai dar no meu coração.
Nessa rua passam meus pais, meus tios, a preta que me criou.
Passa também uma escola – o mapa –, o mundo de todas as cores.

Sei que há países roxos, ilhas brancas, promontórios azuis.
A terra é mais colorida do que redonda, os nomes gravam-se
em amarelo, em vermelho, em preto, no fundo cinza da infância.
América, muitas vezes viajei nas tuas tintas.
Sempre me perdia, não era fácil voltar.
O navio estava na sala.
Como rodava!

As cores foram murchando, ficou apenas o tom escuro, no mundo
[escuro.
Uma rua começa em Itabira, que vai dar em qualquer ponto da
[terra.
Nessa rua passam chineses, índios, negros, mexicanos, turcos,
[uruguaios.
Seus passos urgentes ressoam na pedra,
ressoam em mim.
Pisado por todos, como sorrir, pedir que sejam felizes?
Sou apenas uma rua
na cidadezinha de Minas,
humilde caminho da América.

Ainda bem que a noite baixou: é mais simples conversar à noite.
Muitas palavras já nem precisam ser ditas.
Há o indistinto mover de lábios no galpão, há sobretudo silêncio,
certo cheiro de erva, menos dureza nas coisas,
violas sobem até à lua, e elas cantam melhor do que eu.

Canta uma canção
de viola ou banjo,
dentes cerrados,
alma entreaberta,
descanta a memória
do tempo mais fundo
quando não havia
nem casa nem rês
e tudo era rio,
era cobra e onça,
não havia lanterna
e nem diamante,
não havia nada.
Só o primeiro cão,
em frente do homem
cheirando o futuro.
Os dois se reparam,
se julgam, se pesam,
e o carinho mudo
corta a solidão.
Canta uma canção
no ermo continente,
baixo, não te exaltes.
Olha ao pé do fogo
homens agachados
esperando comida.
Como a barba cresce,

como as mãos são duras,
negras de cansaço.
Canta a estela maia,
reza ao deus do milho,
mergulha no sonho
anterior às artes,
quando a forma hesita
em consubstanciar-se.
Canta os elementos
em busca de forma.
Entretanto a vida
elege semblante.
Olha: uma cidade.
Quem a viu nascer?
O sono dos homens
após tanto esforço
tem frio de morte.
Não vás acordá-los,
se é que estão dormindo.

Tantas cidades no mapa... Nenhuma, porém, tem mil anos.
E as mais novas, que pena: nem sempre são as mais lindas.
Como fazer uma cidade? Com que elementos tecê-la? Quantos
                                   [fogos terá?
Nunca se sabe, as cidades crescem,
mergulham no campo, tornam a aparecer.

O ouro as forma e dissolve; restam navetas de ouro.
Ver tudo isso do alto: a ponte onde passam soldados
(que vão esmagar a última revolução);
o pouso onde trocar de animal; a cruz marcando o encontro dos
                                          [valentes;
a pequena fábrica de chapéus; a professora que tinha sardas...

Esses pedaços de ti, América, partiram-se na minha mão.
A criança espantada
não sabe juntá-los.

Contaram-me que também há desertos.
E plantas tristes, animais confusos ainda não completamente
                                        [determinados.
Certos homens vão de país em país procurando um metal raro ou
                                        [distribuindo palavras.
Certas mulheres são tão desesperadamente formosas que é
[impossível não comer-lhes os retratos e não proclamá-las demônios.
Há vozes no rádio e no interior das árvores,
cabogramas, vitrolas e tiros.
Que barulho na noite,
que solidão!

Esta solidão da América... Ermo e cidade grande se espreitando.
Vozes do tempo colonial irrompem nas modernas canções,
e o barranqueiro do Rio São Francisco
– esse homem silencioso, na última luz da tarde,
junto à cabeça majestosa do cavalo de proa imobilizado
contempla num pedaço de jornal a iara vulcânica da Broadway.
O sentimento da mata e da ilha
perdura em meus filhos que ainda não amanheceram de todo
e têm medo da noite, do espaço e da morte.
Solidão de milhões de corpos nas casas, nas minas, no ar.
Mas de cada peito nasce um vacilante, pálido amor,
procura desajeitada de mão, desejo de ajudar,
carta posta no correio, sono que custa a chegar
porque na cadeira elétrica um homem (que não conhecemos)
                                        [morreu.

Portanto, é possível distribuir minha solidão, torná-la meio de
                                        [conhecimento.

Portanto, solidão é palavra de amor.
Não é mais um crime, um vício, o desencanto das coisas.
Ela fixa no tempo a memória
ou o pressentimento ou a ânsia
de outros homens que a pé, a cavalo, de avião ou barco, percorrem
[teus caminhos, América.

Esses homens estão silenciosos mas sorriem de tanto sofrimento
[dominado.
Sou apenas o sorriso
na face de um homem calado.

CIDADE PREVISTA

Guardei-me para a epopeia
que jamais escreverei.
Poetas de Minas Gerais
e bardos do Alto Araguaia,
vagos cantores tupis,
recolhei meu pobre acervo,
alongai meu sentimento.
O que escrevi não conta.
O que desejei é tudo.
Retomai minhas palavras,
meus bens, minha inquietação,
fazei o canto ardoroso,
cheio de antigo mistério
mas límpido e resplendente.
Cantai esse verso puro,
que se ouvirá no Amazonas,
na choça do sertanejo
e no subúrbio carioca,
no mato, na vila X,
no colégio, na oficina,
território de homens livres
que será nosso país
e será pátria de todos.
Irmãos, cantai esse mundo
que não verei, mas virá
um dia, dentro em mil anos,

talvez mais... não tenho pressa.
Um mundo enfim ordenado,
uma pátria sem fronteiras,
sem leis e regulamentos,
uma terra sem bandeiras,
sem igrejas nem quartéis,
sem dor, sem febre, sem ouro,
um jeito só de viver,
mas nesse jeito a variedade,
a multiplicidade toda
que há dentro de cada um.
Uma cidade sem portas,
de casas sem armadilha,
um país de riso e glória
como nunca houve nenhum.
Este país não é meu
nem vosso ainda, poetas.
Mas ele será um dia
o país de todo homem.

CARTA A STALINGRADO

Stalingrado...
Depois de Madri e de Londres, ainda há grandes cidades.
O mundo não acabou, pois que entre as ruínas
outros homens surgem, a face negra de pó e de pólvora,
e o hálito selvagem da liberdade
dilata os seus peitos, Stalingrado,
seus peitos que estalam e caem
enquanto outros, vingadores, se elevam.

A poesia fugiu dos livros, agora está nos jornais.
Os telegramas de Moscou repetem Homero.
Mas Homero é velho. Os telegramas cantam um mundo novo
que nós, na escuridão, ignorávamos.
Fomos encontrá-lo em ti, cidade destruída,
na paz de tuas ruas mortas mas não conformadas,
no teu arquejo de vida mais forte que o estouro das bombas,
na tua fria vontade de resistir.

Saber que resistes.
Que enquanto dormimos, comemos e trabalhamos, resistes.
Que quando abrirmos o jornal pela manhã teu nome (em ouro
 [oculto) estará firme no alto da página.
Terá custado milhares de homens, tanques e aviões, mas valeu
 [a pena.
Saber que vigias, Stalingrado,
sobre nossas cabeças, nossas prevenções e nossos confusos
 [pensamentos distantes

dá um enorme alento à alma desesperada
e ao coração que duvida.

Stalingrado, miserável monte de escombros, entretanto
                                              [resplandecente!
As belas cidades do mundo contemplam-te em pasmo e silêncio.
Débeis em face do teu pavoroso poder,
mesquinhas no seu esplendor de mármores salvos e rios não
                                               [profanados,
as pobres e prudentes cidades, outrora gloriosas, entregues sem
                                               [luta,
aprendem contigo o gesto de fogo.
Também elas podem esperar.

Stalingrado, quantas esperanças!
Que flores, que cristais e músicas o teu nome nos derrama!
Que felicidade brota de tuas casas!
De umas apenas resta a escada cheia de corpos;
de outras o cano de gás, a torneira, uma bacia de criança.
Não há mais livros para ler nem teatros funcionando nem trabalho
                                               [nas fábricas,
todos morreram, estropiaram-se, os últimos defendem pedaços
                                             [negros de parede,
mas a vida em ti é prodigiosa e pulula como insetos ao sol,
ó minha louca Stalingrado!

A tamanha distância procuro, indago, cheiro destroços sangrentos,
apalpo as formas desmanteladas de teu corpo,
caminho solitariamente em tuas ruas onde há mãos soltas e
                                             [relógios partidos,
sinto-te como uma criatura humana, e que és tu, Stalingrado,
                                             [senão isto?

Uma criatura que não quer morrer e combate,
contra o céu, a água, o metal, a criatura combate,
contra milhões de braços e engenhos mecânicos a criatura combate,
contra o frio, a fome, a noite, contra a morte a criatura combate,
e vence.

As cidades podem vencer, Stalingrado!
Penso na vitória das cidades, que por enquanto é apenas uma
[fumaça subindo do Volga.
Penso no colar de cidades, que se amarão e se defenderão contra
[tudo.
Em teu chão calcinado onde apodrecem cadáveres,
a grande Cidade de amanhã erguerá a sua Ordem.

TELEGRAMA DE MOSCOU

Pedra por pedra reconstruiremos a cidade.
Casa e mais casa se cobrirá o chão.
Rua e mais rua o trânsito ressurgirá.
Começaremos pela estação da estrada de ferro
e pela usina de energia elétrica.
Outros homens, em outras casas,
continuarão a mesma certeza.
Sobraram apenas algumas árvores
com cicatrizes, como soldados.
A neve baixou, cobrindo as feridas.
O vento varreu a dura lembrança.
Mas o assombro, a fábula
gravam no ar o fantasma da antiga cidade
que penetrará o corpo da nova.
Aqui se chamava
e se chamará sempre Stalingrado.
— Stalingrado: o tempo responde.

MAS VIVEREMOS

Já não há mãos dadas no mundo.
Elas agora viajarão sozinhas.
Sem o fogo dos velhos contatos,
que ardia por dentro e dava coragem.

Desfeito o abraço que me permitia,
homem da roça, percorrer a estepe,
sentir o negro, dormir a teu lado,
irmãos chinês, mexicano ou báltico.

Já não olharei sobre o oceano
para decifrar no céu noturno
uma estrela vermelha, pura e trágica,
e seus raios de glória e de esperança.

Já não distinguirei na voz do vento
(Trabalhadores, uni-vos...) a mensagem
que ensinava a esperar, a combater,
a calar, desprezar e ter amor.

Há mais de vinte anos caminhávamos
sem nos vermos, de longe, disfarçados,
mas a um grito, no escuro, respondia
outro grito, outro homem, outra certeza.

Muitas vezes julgamos ver a aurora
e sua rosa de fogo à nossa frente.
Era apenas, na noite, uma fogueira.
Voltava a noite, mais noite, mais completa.

E que dificuldade de falar!
Nem palavras nem códigos: apenas
montanhas e montanhas e montanhas,
oceanos e oceanos e oceanos.

Mas um livro, por baixo do colchão,
era súbito um beijo, uma carícia,
uma paz sobre o corpo se alastrando,
e teu retrato, amigo, consolava.

Pois às vezes nem isso. Nada tínhamos
a não ser estas chagas pelas pernas,
este frio, esta ilha, este presídio,
este insulto, este cuspo, esta confiança.

No mar estava escrita uma cidade,
no campo ela crescia, na lagoa,
no pátio negro, em tudo onde pisasse
alguém, se desenhava tua imagem,

teu brilho, tuas pontas, teu império
e teu sangue e teu bafo e tua pálpebra,
estrela: cada um te possuía.
Era inútil queimar-te, cintilavas.

Hoje quedamos sós. Em toda parte,
somos muitos e sós. Eu, como os outros.
Já não sei vossos nomes nem vos olho
na boca, onde a palavra se calou.

Voltamos a viver na solidão,
temos de agir na linha do gasômetro,
do bar, da nossa rua: prisioneiros
de uma cidade estreita e sem ventanas.

Mas viveremos. A dor foi esquecida
nos combates de rua, entre destroços.
Toda melancolia dissipou-se
em sol, em sangue, em vozes de protesto.

Já não cultivamos amargura
nem sabemos sofrer. Já dominamos
essa matéria escura, já nos vemos
em plena força de homens libertados.

Pouco importa que dedos se desliguem
e não se escrevam cartas nem se façam
sinais da praia ao rubro couraçado.
Ele chegará, ele viaja o mundo.

E ganhará enfim todos os portos,
avião sem bombas entre Natal e China,
petróleo, flores, crianças estudando,
beijo de moça, trigo e sol nascendo.

Ele caminhará nas avenidas,
entrará nas casas, abolirá os mortos.
Ele viaja sempre, esse navio,
essa rosa, esse canto, essa palavra.

VISÃO 1944

Meus olhos são pequenos para ver
a massa de silêncio concentrada
por sobre a onda severa, piso oceânico
esperando a passagem dos soldados.

Meus olhos são pequenos para ver
luzir na sombra a foice da invasão
e os olhos no relógio, fascinados,
ou as unhas brotando em dedos frios.

Meus olhos são pequenos para ver
o general com seu capote cinza
escolhendo no mapa uma cidade
que amanhã será pó e pus no arame.

Meus olhos são pequenos para ver
a bateria de rádio prevenindo
vultos a rastejar na praia obscura
aonde chegam pedaços de navios.

Meus olhos são pequenos para ver
o transporte de caixas de comida,
de roupas, de remédios, de bandagens
para um porto da Itália onde se morre.

Meus olhos são pequenos para ver
o corpo pegajento das mulheres
que foram lindas, beijo cancelado
na produção de tanques e granadas.

Meus olhos são pequenos para ver
a distância da casa na Alemanha
a uma ponte na Rússia, onde retratos,
cartas, dedos de pé boiam em sangue.

Meus olhos são pequenos para ver
uma casa sem fogo e sem janela,
sem meninos em roda, sem talher,
sem cadeira, lampião, catre, assoalho.

Meus olhos são pequenos para ver
os milhares de casas invisíveis
na planície de neve onde se erguia
uma cidade, o amor e uma canção.

Meus olhos são pequenos para ver
as fábricas tiradas do lugar,
levadas para longe, num tapete,
funcionando com fúria e com carinho.

Meus olhos são pequenos para ver
na blusa do aviador esse botão
que balança no corpo, fita o espelho
e se desfolhara no céu de outono.

Meus olhos são pequenos para ver
o deslizar do peixe sob as minas,
e sua convivência silenciosa
com os que afundam, corpos repartidos.

Meus olhos são pequenos para ver
os coqueiros rasgados e tombados
entre latas, na areia, entre formigas
incompreensivas, feias e vorazes.

Meus olhos são pequenos para ver
a fila de judeus de roupa negra,
de barba negra, prontos a seguir
para perto do muro – e o muro é branco.

Meus olhos são pequenos para ver
essa fila de carne em qualquer parte,
de querosene, sal ou de esperança
que fugiu dos mercados deste tempo.

Meus olhos são pequenos para ver
a gente do Pará e de Quebec
sem notícia dos seus e perguntando
ao sonho, aos passarinhos, às ciganas.

Meus olhos são pequenos para ver
todos os mortos, todos os feridos,
e este sinal no queixo de uma velha
que não pôde esperar a voz dos sinos.

Meus olhos são pequenos para ver
países mutilados como troncos,
proibidos de viver, mas em que a vida
lateja subterrânea e vingadora.

Meus olhos são pequenos para ver
as mãos que se hão de erguer, os gritos roucos,
os rios desatados, e os poderes
ilimitados mais que todo exército.

Meus olhos são pequenos para ver
toda essa força aguda e martelante,
a rebentar do chão e das vidraças,
ou do ar, das ruas cheias e dos becos.

Meus olhos são pequenos para ver
tudo que uma hora tem, quando madura,
tudo que cabe em ti, na tua palma,
ó povo! que no mundo te dispersas.

Meus olhos são pequenos para ver
atrás da guerra, atrás de outras derrotas,
essa imagem calada, que se aviva,
que ganha em cor, em forma e profusão.

Meus olhos são pequenos para ver
tuas sonhadas ruas, teus objetos,
e uma ordem consentida (puro canto,
vai pastoreando sonos e trabalhos).

Meus olhos são pequenos para ver
essa mensagem franca pelos mares,
entre coisas outrora envilecidas
e agora a todos, todas ofertadas.

Meus olhos são pequenos para ver
o mundo que se esvai em sujo e sangue,
outro mundo que brota, qual nelumbo
– mas veem, pasmam, baixam deslumbrados.

COM O RUSSO EM BERLIM

Esperei (tanta espera), mas agora,
nem cansaço nem dor. Estou tranquilo.
Um dia chegarei, ponta de lança,
                    com o russo em Berlim.

O tempo que esperei não foi em vão.
Na rua, no telhado. Espera em casa.
No curral; na oficina: um dia entrar
                    com o russo em Berlim.

Minha boca fechada se crispava.
Ai tempo de ódio e mãos descompassadas.
Como lutar, sem armas, penetrando
                    com o russo em Berlim?

Só palavras a dar, só pensamentos
ou nem isso: calados num café,
graves, lendo o jornal. Oh, tão melhor
                    com o russo em Berlim.

Pois também a palavra era proibida.
As bocas não diziam. Só os olhos
no retrato, no mapa. Só os olhos
                    com o russo em Berlim.

Eu esperei com esperança fria,
calei meu sentimento e ele ressurge
pisado de cavalos e de rádios
                            com o russo em Berlim.

Eu esperei na China e em todo canto
em Paris, em Tobruk e nas Ardenas
para chegar, de um ponto em Stalingrado,
                            com o russo em Berlim.

Cidades que perdi, horas queimando
na pele e na visão: meus homens mortos,
colheita devastada, que ressurge
                            com o russo em Berlim.

O campo, o campo, sobretudo o campo
espalhado no mundo: prisioneiros
entre cordas e moscas; desfazendo-se
                            com o russo em Berlim.

Nas camadas marítimas, os peixes
me devorando; e a carga se perdendo,
a carga mais preciosa: para entrar
                            com o russo em Berlim.

Essa batalha no ar, que me traspassa
(mas estou no cinema, e tão pequeno
e volto triste à casa: por que não
                            com o russo em Berlim?)

Muitos de mim saíram pelo mar.
Em mim o que é melhor está lutando.
Possa também chegar, recompensado,
                            com o russo em Berlim.

Mas que não pare aí. Não chega o termo.
Um vento varre o mundo, varre a vida.
Este vento que passa, irretratável,
     com o russo em Berlim.

Olha a esperança à frente dos exércitos,
olha a certeza. Nunca assim tão forte.
Nós que tanto esperamos, nós a temos
     com o russo em Berlim.

Uma cidade existe poderosa
a conquistar. E não cairá tão cedo.
Colar de chamas forma-se a enlaçá-la,
     com o russo em Berlim.

Uma cidade atroz, ventre metálico,
pernas de escravos, boca de negócio,
ajuntamento estúpido, já treme
     com o russo em Berlim.

Essa cidade oculta em mil cidades,
trabalhadores do mundo, reuni-vos
para esmagá-la, vós que penetrais
     COM O RUSSO EM BERLIM.

INDICAÇÕES

Talvez uma sensibilidade maior ao frio,
desejo de voltar mais cedo para casa.
Certa demora em abrir o pacote de livros
esperado, que trouxe o correio.
Indecisão: irei ao cinema?
Dos três empregos de tua noite escolherás: nenhum.
Talvez certo olhar, mais sério, não ardente,
que pousas nas coisas, e elas compreendem.

Ou pelo menos supões que sim. São fiéis, as coisas
do teu escritório. A caneta velha. Recusas-te a trocá-la
pela que encerra o último segredo químico, a tinta imortal.
Certas manchas na mesa, que não sabes se o tempo,
se a madeira, se o pó trouxeram consigo.
Bem a conheces, tua mesa. Cartas, artigos, poemas
saíram dela, de ti. Da dura substância,
do calmo, da floresta partida elas vieram,
as palavras que achaste e juntaste, distribuindo-as.

A mão passa
na aspereza. O verniz que se foi. Não. É a árvore
que regressa. A estrada voltando. Minas que espreita,
e espera, longamente espera tua volta sem som.
A mesa se torna leve, e nela viajas
em ares de paciência, acordo, resignação.
Olhai a mesa que foge, não a toqueis. É a mesa volante,

de suas gavetas saltam papéis escuros, enfim os libertados segredos
sobre a terra metálica se espalham, se amortalham e calam-se.

De novo aqui, miúdo território
civil, sem sonhos. Como pressentindo
que um dia se esvaziam os quartos, se limpam as paredes,
e para um caminhão e descem carregadores,
e no livro municipal se cancela um registro,
olhas fundamente o risco de cada
coisa, a cor
de cada face dos objetos familiares.
A família é pois uma arrumação de móveis, soma
de linhas, volumes, superfícies. E são portas,
chaves, pratos, camas, embrulhos esquecidos,
também um corredor, e o espaço
entre o armário e a parede
onde se deposita certa porção de silêncio, traças e poeira
que de longe em longe se remove... e insiste.

Certamente faltam muitas explicações, seria difícil
compreender, mesmo ao cabo de longo tempo, por que um gesto
se abriu, outro se frustrou, tantos esboçados,
como seria impossível guardar todas as vozes
ouvidas ao almoço, ao jantar, na pausa da noite,
um ano, depois outro, e outros e outros,
todas as vozes ouvidas na casa durante quinze anos.
Entretanto, devem estar em alguma parte: acumularam-se,
embeberam degraus, invadiram canos,
informaram velhos papéis, perderam a força, o calor,
existem hoje em subterrâneos, umas na memória, outras na argila
                                                                     [do sono.

Como saber? A princípio parece deserto,
como se nada ficasse, e um rio corresse
por tua casa, tudo absorvendo.
Lençóis amarelecem, gravatas puem,
a barba cresce, cai, os dentes caem,
os braços caem,
caem partículas de comida de um garfo hesitante,
as coisas caem, caem, caem,
e o chão está limpo, é liso.
Pessoas deitam-se, são transportadas, desaparecem,
e tudo é liso, salvo teu rosto
sobre a mesa curvado; e tudo imóvel.

ONDE HÁ POUCO FALÁVAMOS

É um antigo
piano, foi
de alguma avó, morta
em outro século.

E ele toca e ele chora e ele canta
sozinho,
mas recusa raivoso filtrar o mínimo
acorde, se o fere
mão de moça presente.

Ai piano enguiçado, Jesus!
Sua gente está morta,
seu prazer sepultado,
seu destino cumprido,
e uma tecla
põe-se a bater, cruel, em hora espessa de sono,
É um rato?
O vento?
Descemos a escada, olhamos apavorados
a forma escura, e cessa o seu lamento.

Mas esquecemos. O dia perdoa.
Nossa vontade é amar, o piano cabe
em nosso amor. Pobre piano, o tempo
aqui passou, dedos se acumularam

no verniz roído. Floresta de dedos,
montes de música e valsas e murmúrios
e sandálias de outro mundo em chãos nublados.
Respeitemos seus fantasmas, paz aos velhos.
Amor aos velhos. Canta, piano, embora rouco:
ele estronda. A poeira profusa salta,
e aranhas, seres de asa e pus, ignóbeis,
circulam por entre a matéria sarcástica, irredutível.
Assim nosso carinho
encontra nele o fel, e se resigna.

Uma parede marca a rua
e a casa. É toda proteção,
docilidade, afago. Uma parede
se encosta em nós, e ao vacilante ajuda,
ao tonto, ao cego. Do outro lado é a noite,
o medo imemorial, os inspetores
da penitenciária, os caçadores, os vulpinos.
Mas a casa é um amor. Que paz nos móveis.
Uma cadeira se renova ao meu desejo.
A lã, o tapete, o liso. As coisas plácidas
e confiantes. A casa vive.
Confio em cada tábua. Ora, sucede
que um íncubo perturba
nossa modesta, profunda confidência.

É irmão do corvo, mas faltam-lhe palavras,
busto e *humour*. Uma dolência rígida,
o reumatismo de noites imperiais, irritação
de não ser mais um piano, ante o poético sentido da palavra,
e tudo que deixam mudanças,
viagens, afinadores,
experimento de jovens,

brilho fácil de rapsódia,
outra vez mudanças,
golpes de ar, madeira bichada,
tudo que é morte de piano e o faz sinistro, inadaptável,
meio grotesco também, nada piedoso.

Uma família, como explicar? Pessoas, animais,
objetos, modo de dobrar o linho, gosto
de usar este raio de sol e não aquele, certo copo e não outro,
a coleção de retratos, também alguns livros,
cartas, costumes, jeito de olhar, feitio de cabeça,
antipatias e inclinações infalíveis: uma família,
bem sei, mas e esse piano?

Está no fundo
da casa, por baixo
da zona sensível, muito
por baixo do sangue.

Está por cima do teto, mais alto
que a palmeira, mais alto
que o terraço, mais alto
que a cólera, a astúcia, o alarme.

Cortaremos o piano
em mil fragmentos de unha?
Sepultaremos o piano
no jardim?
Como Aníbal o jogaremos
ao mar?
Piano, piano, deixa de amofinar!
No mundo, tamanho peso
de angústia
e você, girafa, tentando.

Resta-nos a esperança
(como na insônia temos a de amanhecer)
que um dia se mude, sem notícia,
clandestino, escarninho, vingativo,
pesado,
que nos abandone
e deserto fique esse lugar de sombra
onde hoje impera. Sempre imperará?

(É um antigo piano, foi
de alguma dona, hoje
sem dedos, sem queixo, sem
música na fria mansão.
Um pedaço de velha, um resto
de cova, meu Deus, nesta sala
onde ainda há pouco falávamos.)

OS ÚLTIMOS DIAS

Que a terra há de comer.
Mas não coma já.

Ainda se mova,
para o ofício e a posse.

E veja alguns sítios
antigos, outros inéditos.

Sinta frio, calor, cansaço;
pare um momento; continue.

Descubra em seu movimento
forças não sabidas, contatos.

O prazer de estender-se; o de
enrolar-se, ficar inerte.

Prazer de balanço, prazer de voo.

Prazer de ouvir música;
sobre papel deixar que a mão deslize.

Irredutível prazer dos olhos;
certas cores: como se desfazem, como aderem;
certos objetos, diferentes a uma luz nova.

Que ainda sinta cheiro de fruta,
de terra na chuva, que pegue,
que imagine e grave, que lembre.

O tempo de conhecer mais algumas pessoas,
de aprender como vivem, de ajudá-las.

De ver passar este conto: o vento
balançando a folha; a sombra
da árvore, parada um instante,
alongando-se com o sol, e desfazendo-se
numa sombra maior, de estrada sem trânsito.

E de olhar esta folha, se cai.
Na queda retê-la. Tão seca, tão morna.

Tem na certa um cheiro, particular entre mil.
Um desenho, que se produzirá ao infinito,
e cada folha é uma diferente.

E cada instante é diferente, e cada
homem é diferente, e somos todos iguais.
No mesmo ventre o escuro inicial, na mesma terra
o silêncio global, mas não seja logo.

Antes dele outros silêncios penetrem,
outras solidões derrubem ou acalentem
meu peito; ficar parado em frente desta estátua: é um torso
de mil anos, recebe minha visita, prolonga
para trás meu sopro, igual a mim
na calma, não importa o mármore, completa-me.

O tempo de saber que alguns erros caíram, e a raiz
da vida ficou mais forte e os naufrágios
não cortaram essa ligação subterrânea entre homens e coisas:
que os objetos continuam, e a trepidação incessante
não desfigurou o rosto dos homens;
que somos todos irmãos, insisto.

Em minha falta de recursos para dominar o fim,
entretanto me sinta grande, tamanho de criança, tamanho de torre,
tamanho da hora, que se vai acumulando século após século e
                                                  [causa vertigem,
tamanho de qualquer João, pois somos todos irmãos.

E a tristeza de deixar os irmãos me faça desejar
partida menos imediata. Ah, podeis rir também,
não da dissolução, mas do fato de alguém resistir-lhe,
de outros virem depois, de todos sermos irmãos,
no ódio, no amor, na incompreensão e no sublime
cotidiano, tudo, mas tudo é nosso irmão.

O tempo de despedir-me e contar
que não espero outra luz além da que nos envolveu
dia após dia, noite em seguida a noite, fraco pavio,
pequena ampola fulgurante, facho, lanterna, faísca,
estrelas reunidas, fogo na mata, sol no mar,
mas que essa luz basta, a vida é bastante, que o tempo
é boa medida, irmãos, vivamos o tempo.

A doença não me intimide, que ela não possa
chegar até aquele ponto do homem onde tudo se explica.
Uma parte de mim sofre, outra pede amor,
outra viaja, outra discute, uma última trabalha,
sou todas as comunicações, como posso ser triste?

A tristeza não me liquide, mas venha também
na noite de chuva, na estrada lamacenta, no bar fechando-se,
que lute lealmente com sua presa,
e reconheça o dia entrando em explosões de confiança, esquecimento,
                                                                     [amor,
ao fim da batalha perdida.

Este tempo, e não outro, sature a sala, banhe os livros,
nos bolsos, nos pratos se insinue: com sórdido ou potente clarão.
E todo o mel dos domingos se tire;
o diamante dos sábados, a rosa
de terça, a luz de quinta, a mágica
de horas matinais, que nós mesmos elegemos
para nossa pessoal despesa, essa parte secreta
de cada um de nós, no tempo.

E que a hora esperada não seja vil, manchada de medo,
submissão ou cálculo. Bem sei, um elemento de dor
rói sua base. Será rígida, sinistra, deserta,
mas não a quero negando as outras horas nem as palavras
ditas antes com voz firme, os pensamentos
maduramente pensados, os atos
que atrás de si deixaram situações.
Que o riso sem boca não a aterrorize,
e a sombra da cama calcária não a encha de súplicas,
dedos torcidos, lívido
suor de remorso.

E a matéria se veja acabar: adeus, composição
que um dia se chamou Carlos Drummond de Andrade.
Adeus, minha presença, meu olhar e minhas veias grossas,
meus sulcos no travesseiro, minha sombra no muro

sinal meu no rosto, olhos míopes, objetos de uso pessoal, ideia de
[justiça, revolta e sono, adeus,
adeus, vida aos outros legada.

MÁRIO DE ANDRADE DESCE AOS INFERNOS

I

Daqui a vinte anos farei teu poema
e te cantarei com tal suspiro
que as flores pasmarão, e as abelhas,
confundidas, esvairão seu mel.

Daqui a vinte anos: poderei
tanto esperar o preço da poesia?
É preciso tirar da boca urgente
o canto rápido, ziguezagueante, rouco,
feito da impureza do minuto
e de vozes em febre, que golpeiam
esta viola desatinada
no chão, no chão.

II

No chão me deito à maneira dos desesperados.

Estou escuro, estou rigorosamente noturno, estou vazio,
esqueço que sou um poeta, que não estou sozinho,
preciso aceitar e compor, minhas medidas partiram-se,
mas preciso, preciso, preciso.

Rastejando, entre cacos, me aproximo.
Não quero, mas preciso tocar pele de homem,
avaliar o frio, ver a cor, ver o silêncio,
conhecer um novo amigo e nele me derramar.

Porque é outro amigo. A explosiva descoberta
ainda me atordoa. Estou cego e vejo. Arranco os olhos e vejo.
Furo as paredes e vejo. Através do mar sanguíneo vejo.
Minucioso, implacável, sereno, pulverizado,
é outro amigo. São outros dentes. Outro sorriso.
Outra palavra, que goteja.

III

O meu amigo era tão
de tal modo extraordinário,
cabia numa só carta,
esperava-me na esquina,
e já um poste depois
ia descendo o Amazonas,
tinha coletes de música,
entre cantares de amigo
pairava na renda fina
dos Sete Saltos,
na serrania mineira,
no mangue, no seringal,
nos mais diversos brasis,
e para além dos brasis,
nas regiões inventadas,
países a que aspiramos,
fantásticos,

mas certos, inelutáveis,
terra de João invencível,
a rosa do povo aberta...

IV

A rosa do povo despetala-se,
ou ainda conserva o pudor da alva?
É um anúncio, um chamado, uma esperança embora frágil, pranto
                                                    [infantil no berço?
Talvez apenas um ai de seresta, quem sabe.
Mas há um ouvido mais fino que escuta, um peito de artista que incha,
e uma rosa se abre, um segredo comunica-se, o poeta anunciou,
o poeta, nas trevas, anunciou.

Mais perto, e uma lâmpada. Mais perto, e quadros,
quadros. Portinari aqui esteve, deixou
sua garra. Aqui Cézanne e Picasso,
os primitivos, os cantadores, a gente de pé no chão,
a voz que vem do Nordeste, os fetiches, as religiões,
os bichos... Aqui tudo se acumulou,
esta é a Rua Lopes Chaves, 546,
outrora 108. Para aqui muitas vezes voou
meu pensamento. Daqui vinha a palavra
esperada na dúvida e no cacto.
Aqui nunca pisei. Mas como o chão
sabe a forma dos pés e é liso e beija!
Todas as brisas da saudade balançam a casa,
empurram a casa,
navio de São Paulo no céu nacional,
vai colhendo amigos de Minas e Rio Grande do Sul,
gente de Pernambuco e Pará, todos os apertos de mão,
todas as confidências a casa recolhe,
embala, pastoreia.

Os que entram e os que saem se cruzam na imensidão dos corredores,
paz nas escadas,
calma nos vidros,
e ela viaja como um lento pássaro, uma notícia postal, uma nuvem
[pejada.
Casas ancoradas saúdam-na fraternas:
Vai, amiga!
Não te vás, amiga...
(Um homem se dá no Brasil mas conserva-se intacto,
preso a uma casa e dócil a seus companheiros
esparsos.)

Súbito a barba deixou de crescer. Telegramas
irrompem. Telefones
retinem. Silêncio
em Lopes Chaves.

Agora percebo que estamos amputados e frios.
Não tenho voz de queixa pessoal, não sou
um homem destroçado vagueando na praia.
Muitos procuram São Paulo no ar e se concentram,
aura secreta na respiração da cidade.
É um retrato, somente um retrato,
algo nos jornais, na lembrança,
o dia estragado como uma fruta,
um véu baixando, um ríctus,
o desejo de não conversar. É sobretudo uma pausa oca
e além de todo vinagre.

Mas tua sombra robusta desprende-se e avança.
Desce o rio, penetra os túneis seculares
onde o amigo marcou seus traços funerários,

desliza na água salobra, e ficam tuas palavras
(superamos a morte, e a palma triunfa)
tuas palavras-carbúnculo e carinhosos diamantes.

CANTO AO HOMEM DO POVO CHARLIE CHAPLIN

I

Era preciso que um poeta brasileiro,
não dos maiores, porém dos mais expostos à galhofa,
girando um pouco em tua atmosfera ou nela aspirando a viver
como na poética e essencial atmosfera dos sonhos lúcidos,

era preciso que esse pequeno cantor teimoso,
de ritmos elementares, vindo da cidadezinha do interior
onde nem sempre se usa gravata mas todos são extremamente
                                              [polidos
e a opressão é detestada, se bem que o heroísmo se banhe em
                                              [ironia,

era preciso que um antigo rapaz de vinte anos,
preso à tua pantomima por filamentos de ternura e riso, dispersos
                                              [no tempo,
viesse recompô-los e, homem maduro, te visitasse
para dizer-te algumas coisas, sobcolor de poema.

Para dizer-te como os brasileiros te amam
e que nisso, como em tudo mais, nossa gente se parece
com qualquer gente do mundo – inclusive os pequenos judeus
de bengalinha e chapéu-coco, sapatos compridos, olhos melancólicos,

vagabundos que o mundo repeliu, mas zombam e vivem
nos filmes, nas ruas tortas com tabuletas: Fábrica, Barbeiro, Polícia,
e vencem a fome, iludem a brutalidade, prolongam o amor
como um segredo dito no ouvido de um homem do povo caído na
[rua.

Bem sei que o discurso, acalanto burguês, não te envaidece,
e costumas dormir enquanto os veementes inauguram estátua,
e entre tantas palavras que como carros percorrem as ruas,
só as mais humildes, de xingamento ou beijo, te penetram.

Não é a saudação dos devotos nem dos partidários que te ofereço,
eles não existem, mas a de homens comuns, numa cidade comum,
nem faço muita questão da matéria de meu canto ora em torno de ti
como um ramo de flores absurdas mandado por via postal ao
[inventor dos jardins.

Falam por mim os que estavam sujos de tristeza e feroz desgosto
[de tudo,
que entraram no cinema com a aflição de ratos fugindo da vida,
são duas horas de anestesia, ouçamos um pouco de música,
visitemos no escuro as imagens – e te descobriram e salvaram-se.

Falam por mim os abandonados da justiça, os simples de coração,
os párias, os falidos, os mutilados, os deficientes, os recalcados,
os oprimidos, os solitários, os indecisos, os líricos, os cismarentos,
os irresponsáveis, os pueris, os caridosos, os loucos e os patéticos.

E falam as flores que tanto amas quando pisadas,
falam os tocos de vela, que comes na extrema penúria, falam a
[mesa, os botões,
os instrumentos do ofício e as mil coisas aparentemente fechadas,
cada troço, cada objeto do sótão, quanto mais obscuros mais falam.

180

II

A noite banha tua roupa.
Mal a disfarças no colete mosqueado,
no gelado peitilho de baile,
de um impossível baile sem orquídeas.
És condenado ao negro. Tuas calças
confundem-se com a treva. Teus sapatos
inchados, no escuro do beco,
são cogumelos noturnos. A quase cartola,
sol negro, cobre tudo isto, sem raios.
Assim, noturno cidadão de uma república
enlutada, surges a nossos olhos
pessimistas, que te inspecionam e meditam:
Eis o tenebroso, o viúvo, o inconsolado,
o corvo, o nunca-mais, o chegado muito tarde
a um mundo muito velho.

E a lua pousa
em teu rosto. Branco, de morte caiado,
que sepulcros evoca, mais que hastes
submarinas e álgidas e espelhos
e lírios que o tirano decepou, e faces
amortalhadas em farinha. O bigode
negro cresce em ti como um aviso
e logo se interrompe. É negro, curto,
espesso. Ó rosto branco, de lunar matéria,
face cortada em lençol, risco na parede,
caderno de infância, apenas imagem,
entretanto os olhos são profundos e a boca vem de longe,
sozinha, experiente, calada vem a boca
sorrir, aurora, para todos.

E já não sentimos a noite,
e a morte nos evita, e diminuímos
como se ao contato de tua bengala mágica voltássemos
ao país secreto onde dormem meninos.
Já não é o escritório de mil fichas,
nem a garagem, a universidade, o alarme,
é realmente a rua abolida, lojas repletas,
e vamos contigo arrebentar vidraças,
e vamos jogar o guarda no chão,
e na pessoa humana vamos redescobrir
aquele lugar – cuidado! – que atrai os pontapés: sentenças
de uma justiça não oficial.

III

Cheio de sugestões alimentícias, matas a fome
dos que não foram chamados à ceia celeste
ou industrial. Há ossos, há pudins
de gelatina e cereja e chocolate e nuvens
nas dobras de teu casaco. Estão guardados
para uma criança ou um cão. Pois bem conheces
a importância da comida, o gosto da carne,
o cheiro da sopa, a maciez amarela da batata,
e sabes a arte sutil de transformar em macarrão
o humilde cordão de teus sapatos.
Mais uma vez jantaste: a vida é boa.
Cabe um cigarro: e o tiras
da lata de sardinhas.

Não há muitos jantares no mundo, já sabias,
e os mais belos frangos
são protegidos em pratos chineses por vidros espessos.

Há sempre o vidro, e não se quebra,
há o aço, o amianto, a lei,
há milícias inteiras protegendo o frango,
e há uma fome que vem do Canadá, um vento,
uma voz glacial, um sopro de inverno, uma folha
baila indecisa e pousa em teu ombro: mensagem pálida
que mal decifras. Entre o frango e a fome,
o cristal infrangível. Entre a mão e a fome,
os valos da lei, as léguas. Então te transformas
tu mesmo no grande frango assado que flutua
sobre todas as fomes, no ar; frango de ouro
e chama, comida geral
para o dia geral, que tarda.

IV

O próprio ano novo tarda. E com ele as amadas.
No festim solitário teus dons se aguçam.
És espiritual e dançarino e fluido,
mas ninguém virá aqui saber como amas
com fervor de diamante e delicadeza de alva,
como, por tua mão, a cabana se faz lua.
Mundo de neve e sal, de gramofones roucos
urrando longe o gozo de que não participas.
Mundo fechado, que aprisiona as amadas
e todo desejo, na noite, de comunicação.
Teu palácio se esvai, lambe-te o sono,
ninguém te quis, todos possuem,
tudo buscaste dar, não te tomaram.

Então caminhas no gelo e rondas o grito.
Mas não tens gula de festa, nem orgulho
nem ferida nem raiva nem malícia.

És o próprio ano-bom, que tu deténs. A casa passa
correndo, os copos voam,
os corpos saltam rápido, as amadas
te procuram na noite... e não te veem,
tu pequeno,
tu simples, tu qualquer.

Ser tão sozinho em meio a tantos ombros,
andar aos mil num corpo só, franzino,
e ter braços enormes sobre as casas,
ter um pé em Guerrero e outro no Texas,
falar assim a chinês, a maranhense,
a russo, a negro: ser um só, de todos,
sem palavra, sem filtro,
sem opala:
há uma cidade em ti, que não sabemos.

V

Uma cega te ama. Os olhos abrem-se.
Não, não te ama. Um rico, em álcool,
é teu amigo e lúcido repele
tua riqueza. A confusão é nossa, que esquecemos
o que há de água, de sopro e de inocência
no fundo de cada um de nós, terrestres. Mas, ó mitos
que cultuamos, falsos: flores pardas,
anjos desleais, cofres redondos, arquejos
poéticos acadêmicos; convenções
do branco, azul e roxo; maquinismos,
telegramas em série, e fábricas e fábricas
e fábricas de lâmpadas, proibições, auroras.
Ficaste apenas um operário
comandado pela voz colérica do megafone.

És parafuso, gesto, esgar.
Recolho teus pedaços: ainda vibram,
lagarto mutilado.

Colo teus pedaços. Unidade
estranha é a tua, em mundo assim pulverizado.
E nós, que a cada passo nos cobrimos
e nos despimos e nos mascaramos,
mal retemos em ti o mesmo homem,
     aprendiz
     bombeiro
     caixeiro
     doceiro
     emigrante
     forçado
     maquinista
     noivo
     patinador
     soldado
     músico
     peregrino
     artista de circo
     marquês
     marinheiro
     carregador de piano
apenas sempre entretanto tu mesmo,
o que não está de acordo e é meigo,
o incapaz de propriedade, o pé
errante, a estrada
fugindo, o amigo
que desejaríamos reter
na chuva, no espelho, na memória
e todavia perdemos.

VI

Já não penso em ti. Penso no ofício
a que te entregas. Estranho relojoeiro,
cheiras a peça desmontada: as molas unem-se,
o tempo anda. És vidraceiro.
Varres a rua. Não importa
que o desejo de partir te roa; e a esquina
faça de ti outro homem; e a lógica
te afaste de seus frios privilégios.

Há o trabalho em ti, mas caprichoso,
mas benigno,
e dele surgem artes não burguesas,
produtos de ar e lágrimas, indumentos
que nos dão asa ou pétalas, e trens
e navios sem aço, onde os amigos
fazendo roda viajam pelo tempo,
livros se animam, quadros se conversam,
e tudo libertado se resolve
numa efusão de amor sem paga, e riso, e sol.

O ofício, é o ofício
que assim te põe no meio de nós todos,
vagabundo entre dois horários; mão sabida
no bater, no cortar, no fiar, no rebocar,
o pé insiste em levar-te pelo mundo,
a mão pega a ferramenta: é uma navalha,
e ao compasso de Brahms fazes a barba
neste salão desmemoriado no centro do mundo oprimido
onde ao fim de tanto silêncio e oco te recobramos.

Foi bom que te calasses.
Meditavas na sombra das chaves,
das correntes, das roupas riscadas, das cercas de arame,
juntavas palavras duras, pedras, cimento, bombas, invectivas,
anotavas com lápis secreto a morte de mil, a boca sangrenta
de mil, os braços cruzados de mil.
E nada dizias. E um bolo, um engulho
formando-se. E as palavras subindo.
Ó palavras desmoralizadas, entretanto salvas, ditas de novo.
Poder da voz humana inventando novos vocábulos e dando sopro
[aos exaustos.
Dignidade da boca, aberta em ira justa e amor profundo,
crispação do ser humano, árvore irritada, contra a miséria e a fúria
[dos ditadores,
ó Carlito, meu e nosso amigo, teus sapatos e teu bigode caminham
[numa estrada de pó e esperança.

**POSFÁCIO
A FLOR, A VIDA, A POESIA**
POR AFFONSO ROMANO DE SANT'ANNA

A rosa do povo – publicado em 1945 – é um livro crucial em meio ao conjunto da obra de Drummond. É considerado pela crítica um de seus livros mais fortes, tanto poética quanto politicamente. São 55 poemas escritos em dois anos – 1943-1945, enquanto transcorria a Segunda Guerra Mundial. Nesta época, vivendo no Rio, era chefe de gabinete do Ministro da Educação, Gustavo Capanema, cargo que exercia desde 1934 no governo Vargas. Era já um dos grandes poetas modernistas, embora Manuel Bandeira fosse então o mais festejado.

A rosa do povo foi o seu quinto livro de poesia. O primeiro, publicado 15 anos antes, ao contrário deste, tinha um título meio modesto, uma maneira tímida de pedir licença para publicar seus versos. Chamava-se *Alguma poesia* (1930). Editado lá em Minas, teve apenas 500 exemplares, e a tal editora Pindorama era imaginária. Os poemas eram curtos e irônicos. Já *A rosa do povo*, o mais volumoso de seus livros, possui poemas longos, que usam até recursos dramáticos, como "O caso do vestido". Em vários desses poemas recupera a narratividade, o contar uma história, coisa que sempre existiu na poesia, e que o Modernismo havia refugado. Assinale-se, portanto, que ao publicar *A rosa do povo* o poeta já não vive mais na província, não é tão jovem, deslocou-se do *Brejo das almas* (1934) e como um *José* (1942) atônito na grande cidade já descobriu o *Sentimento do mundo* (1940).

Com efeito, os títulos dos livros têm algo a nos dizer. Neste temos duas palavras emblemáticas: "rosa" e "povo". É curioso considerar isto, mais de meio século depois, quando o mundo não está mais antiteticamente dividido entre democracia e fascismo, democracia e comunismo. Àquela época, quando se produzia uma literatura utópica e ideologizada, "povo" era uma palavra comum no texto dos poetas e romancistas engajados. Lembre-se, entre tantos, Pablo Neruda, com o monumental *Canto general* (1950) – com largos versos à América –, e Paul Éluard, que, sintomaticamente, havia publicado *Rose publique* (1934).

Aquele tempo, como reconhece Drummond, era "tempo de partido, / tempo de homens partidos"; e ele, segundo suas notas biográficas, em 1945, ano da publicação de *A rosa do povo*, a convite de Luís Carlos Prestes, figura como codiretor do diário comunista, então fundado, *Tribuna popular*. Verdade seja dita que esse namoro ideológico demorou pouco, pois "afasta-se do jornal, meses depois, por discordar de sua orientação". Mas vestígios dessa contaminação ideológica estão em poemas onde fala que a "burguesia apodrece", refere-se ao "mundo capitalista" e, além de louvar a resistência de Stalingrado, tem expectativas sobre a vitória russa em Berlim.

"Rosa" e "povo"

Há algo de antitético ou de poeticamente complementar nisto. O poeta está somando, fundindo as duas palavras, imantando uma com o sentido da outra. E se o livro tem poemas que descrevem o cotidiano, o medo, a guerra e a vida "espandongada" da cidade, por outro lado ele anota que "uma flor nasceu na rua" furando o asfalto e desafiando o trânsito, impelindo-o a assentar-se no chão da capital do país às cinco da tarde para reverenciá-la. Uma flor (ou poesia, esperança) que brota da náusea do cotidiano, como explicitamente está indicado no título do poema "A flor e a náusea".

"Náusea" é, com efeito, uma palavra importante no pensamento existencialista tão em voga àquela época, e encontra-se no título de um romance de 1938 de Jean-Paul Sartre, *A náusea*. E há uma sintonia entre o significado desta palavra na obra do poeta e na obra do filósofo. Já Heidegger, que foi melhor pensador que Sartre, dizia que o filósofo e o poeta são aqueles que estão mais bem equipados para entenderem o sentido das coisas. Eles podem reunir o discurso da *pólis* de seu tempo de uma maneira "re-velante". E esse discurso, ou *lógos*, só se torna possível através do verbo poético. Aliás, no livro *Drummond, o gauche no tempo* (Editora Record) tive oportunidade de mostrar a afinidade entre o pensamento metafísico de Heidegger e a obra poética drummondiana.

A rigor, a obra drummondiana ganha mais densidade e maior gravidade quando lida nesta clave. É possível dizer também que sua poesia, manifestando uma lírica e dramática visão do mundo, pode ser analisada como uma grande peça de teatro testemunhando a tentativa e a impossibilidade de inserção plena do indivíduo no mundo. O conflito básico, então, é este:

Eu versus Mundo

Poder-se-ia alegar, é claro, que este seria o conflito básico de todo ser vivo. Mas, no caso deste poeta, o que seria uma circunstância comum transforma-se na reflexão poética sobre o indivíduo e sua perplexidade pessoal, social e metafísica.

É neste sentido que o poeta instaura-se como um personagem que se intitula a si mesmo de *gauche*, ou seja, alguém desajeitado, tímido, conflituado com as coisas que ocupam o centro da cena. Esse *gauchisme* tem desdobramentos psicológicos, políticos e metafísicos. No primeiro poema de seu primeiro livro ele lança as coordenadas a serem desenvolvidas sistemicamente em sua obra. Ao dizer:

> Quando nasci, um anjo torto
> desses que vivem na sombra
> disse: — Vai, Carlos! ser *gauche* na vida.

ele caracteriza o seu *alter ego* posto em cena. É alguém (*torto*) marcado pela sinuosidade, pela elipse, pela curva, por um certo barroquismo de espírito; alguém que (*na sombra*) foge à luz da cena, que prefere o escuro, o canto, o lado esquerdo do palco para poder melhor espiar o mundo. Espiar, aliás, é o verbo usado preferencialmente nos primeiros livros, quando seu personagem ainda habita a província do próprio ser e olha o mundo de esguelha. Quando se muda para a metrópole do seu tempo, quando descobre o "mundo grande", o que era um irônico "espiar" converte-se em "olhar". Há em *José* o poema "Rua do Olhar" exemplificando isto. Ele não está mais espiando ironicamente da janela, como na província. Está dramaticamente no meio da rua e do mundo, e passará até a usar o verbo "contemplar", muito mais abrangente e maduro que o simples "espiar" originário.

Retomemos a estrutura da peça teatral subjacente ao seu texto denunciada no conflito básico: *Eu versus Mundo*. Sua obra, neste sentido, descreve a trajetória de um personagem *gauche* em três atos:

> Eu maior que o Mundo
> Eu menor que o Mundo
> Eu igual ao Mundo

O primeiro ato, que pode ser emblematizado no verso que se encontra no primeiro poema de seu primeiro livro – "Mundo mundo vasto mundo, / mais vasto é meu coração." –, exibe o jovem irônico, que, na província, ainda não experimentou o desgaste do tempo, não vivenciou os grandes conflitos do mundo e para quem o amor é mais um jogo que um drama.

O segundo ato instaura-se com o sintomático título do livro *Sentimento do mundo*, onde no poema "Mundo grande", fazendo uma autocrítica, ele considera: "Não, meu coração não é maior que o mundo. / É muito menor." Aí confessa que precisa de todos, quer ir para a rua, para o meio do mundo, abandonar as ilhas, porque na solidão de indivíduo desaprendeu a linguagem com que os homens se comunicam.

Reveladoramente, o terceiro ato, *Eu igual ao Mundo*, é cristalizado à altura de *A rosa do povo*, quando no poema "Caso do vestido" um dos versos diz: "O mundo é grande e pequeno."

Nessas alturas, o *gauchisme* crônico do personagem se manifesta de diversas maneiras. Aliás, no primeiro poema de *A rosa do povo*, retomando este tema, que estará presente em toda sua obra, refere-se "ao fatal meu lado esquerdo". Verdade é que está tentando vir para o meio do palco, do mundo, estar com o povo na história, numa rua que começa em Itabira e vai dar em qualquer parte da América; verdade é que está recuperando a história de sua família, da fazenda, de sua província, antes tão ironizada. Descobriu o desgaste do tempo, que morremos diariamente, e que a idade madura já se prenuncia em rugas e certa sensibilidade ao frio. Encontra, então, na figura lírica e dramática de Carlito, um duplo, uma máscara, um disfarce: "ó Carlito, meu e nosso amigo, teus sapatos e teu bigode caminham numa estrada de pó e de esperança."

Quando ao princípio disse que *A rosa do povo* é um livro crucial na sequência das obras drummondianas, estava não apenas aludindo à sua importância poética e histórica, mas encaminhando a ideia de que ele é a ampla porta para se ingressar no estágio seguinte de seu projeto poético, quando, a partir de *Claro enigma*, assume um tom mais limpidamente metafísico, produzindo uma poesia menos ligada ao presente, aos fatos do cotidiano e mais interessada na essência da vida. Não estranha que ele aprofunde a partir de então o seu diálogo com o "nada", como forma de estudar o "tudo" pelo seu avesso.

Neste livro em que várias vezes aparece a palavra "povo" e a palavra "rosa", gostaria de chamar a atenção, por exemplo, para um sutil e pequeno poema, na verdade, um sonetilho, chamado "Áporo":

Um inseto cava
cava sem alarme
perfurando a terra
sem achar escape.

Que fazer, exausto,
em país bloqueado,
enlace de noite
raiz e minério?

Eis que o labirinto
(oh razão, mistério)
presto se desata:

em verde, sozinha,
antieuclidiana,
uma orquídea forma-se.

Parece enigmático à primeira leitura. Descobrindo-se, no entanto, que "áporo" é uma palavra que tem três significados: é o nome de um inseto, tipo de escaravelho que cava terra adentro; é também um teorema sem solução e, enfim, o nome de uma orquídea, o texto começa a se esclarecer.

Como um inseto, um ser minúsculo, *gauche*, acostumado à escuridão, onde noite, raiz e minério se entrelaçam, o indivíduo encontra-se numa situação labiríntica, aporética. Mas é cavando, a despeito da irracionalidade da vida e dos fatos, é lutando contra a treva, contra a aporia, contra os teoremas da razão, que, antieuclidianamente, a orquídea (ou indivíduo), enfim, se forma.

Como se vê, a temática da flor está aí subjacente. E como ele dirá em "Anúncio da rosa": "Imenso trabalho nos custa a flor."

A flor, a vida, a poesia

A publicação deste e de outros livros de Drummond separadamente funciona como uma espécie de porta para se entrar num universo complexo e labiríntico. Este, como todos os seus livros, podem ser lidos isoladamente e exercerão, cada qual ao seu modo, a sedução sobre o leitor. Contudo, não se deve perder de vista que este é um poeta na alta acepção do termo. Ele havia falado certa feita num texto intitulado "Autobiografia para uma revista": "Entendo que poesia é negócio de grande responsabilidade, e não considero honesto rotular-se de poeta quem apenas verseje por dor de cotovelo, falta de dinheiro ou momentânea tomada de contato com as forças líricas do mundo, sem se entregar aos trabalhos cotidianos da técnica, da leitura, da contemplação e mesmo da ação. Até os poetas se armam, e um poeta desarmado é, mesmo, um ser à mercê de inspirações fáceis, dócil às modas e compromissos."

Em outros termos, repito que, embora se possa e se deva ler seus livros isoladamente, é fundamental ter em consideração que sua obra é um largo "projeto poético-pensante" – conforme expressão heideggeriana. Cada poema, cada livro está retomando imagens, temas e questões progressivamente.

Neste sentido, ler Drummond é mais do que um prazer poético, é também um sofisticado exercício de compreensão da própria vida e da irremissível perplexidade humana.

CRONOLOGIA
NA ÉPOCA DO LANÇAMENTO
(1942-1948)

1942

CDA:

– Publica a coletânea *Poesias*, pela Editora José Olympio. Pela primeira vez, o poema "José" é publicado em livro.

– Preside a conferência "O movimento modernista", organizada por Mário de Andrade e realizada na biblioteca do Ministério das Relações Exteriores, no Rio de Janeiro, em comemoração aos vinte anos da Semana de Arte Moderna.

– Recebe carta de João Cabral de Melo Neto, pedindo-lhe um emprego no Rio de Janeiro. Pouco depois, o poeta pernambucano vai trabalhar no Departamento de Administração do Serviço Público (DASP).

– Concede a Osório Nunes a entrevista "O modernismo morreu?", publicada no periódico *Dom Casmurro* (RJ), em 14 de novembro.

Literatura brasileira:

– Cecília Meireles publica o livro de poemas *Vaga música*.
– Manoel de Barros publica o livro de poemas *Face imóvel*.
– João Cabral de Melo Neto estreia na poesia com *A pedra do sono*.

– Jorge Amado publica a biografia romanceada de Luís Carlos Prestes, *O Cavaleiro da Esperança*.
– Graciliano Ramos, Jorge Amado, José Lins do Rego, Aníbal Machado e Rachel de Queiroz lançam o romance *Brandão entre o mar e o amor*.
– José Barbosa Mello cria a revista *Leitura*, no Rio de Janeiro.
– José Mauro de Vasconcelos publica seu primeiro livro, *Banana brava*.
– Caio Prado Júnior publica *Formação do Brasil contemporâneo*.

Vida nacional:

– Após afundamento de navios mercantes brasileiros por submarinos alemães, o Brasil declara guerra aos países do Eixo (Alemanha, Itália e Japão). Dois anos depois, enviará tropas ao teatro de operações na Itália.
– Suicídio do escritor austríaco Stefan Zweig e de sua esposa, em Petrópolis (RJ).
– Criação da nova moeda, o cruzeiro, em substituição ao mil-réis.
– Criação do Serviço Nacional de Aprendizagem Industrial (Senai) e do Instituto Brasileiro de Opinião Pública (Ibope).
– Criação do território federal de Fernando de Noronha.
– Alfredo Machado funda a Editora Record, no Rio de Janeiro.
– Criação da empresa estatal Vale do Rio Doce, em Itabira, que dá continuidade à extração do minério de ferro do Pico do Cauê. "Cada um de nós tem seu pedaço no pico do Cauê. / Na cidade toda de ferro / as ferraduras batem como sinos." (do poema "Itabira", em *Alguma poesia*).
– Criação da Legião Brasileira de Assistência (LBA).
– Manifestações políticas nas grandes cidades provocam a saída de Francisco Campos do Ministério da Justiça e de Filinto Müller, chefe da polícia do Estado Novo.

Mundo:

– Estados Unidos e Grã-Bretanha intensificam ajuda à União Soviética na Segunda Guerra Mundial.

– O Projeto Manhattan, liderado pelo governo americano, com o apoio da Grã-Bretanha e do Canadá, inicia a fabricação da bomba atômica.

– Alemanha inicia a "solução final", o extermínio dos judeus em câmaras de gás.

1943

CDA:

– Traduz o livro *Thérèse Desqueyroux*, de François Mauriac, com o título *Uma gota de veneno*, publicado na coleção "As 100 Obras-Primas da Literatura Universal", da Editora Pongetti.

– Em tom de brincadeira, numa reunião da diretoria da Associação Brasileira de Escritores (ABDE), propõe: "Vamos redigir uma declaração afirmando o nosso propósito de não entrar jamais na Academia?" Otávio Tarquínio de Souza redige o documento, assinado por: Carlos Drummond de Andrade, José Lins do Rego, Astrojildo Pereira, Dinah Silveira de Queiroz, Álvaro Lins, Francisco de Assis Barbosa e Marques Rebelo. Aurélio Buarque de Holanda, secretário da *Revista do Brasil*, abstém-se, e será eleito para a Academia Brasileira de Letras em 1961.

– Publica na revista *Leitura* uma resenha sobre o livro *A montanha mágica*, de Thomas Mann, assinalando que o autor não é "materialista". Por essa época, flerta com o Partido Comunista Brasileiro.

Literatura brasileira:

– Vinicius de Moraes publica o livro *Cinco elegias*.
– Jorge Amado publica o romance *Terras do sem fim*.
– José Lins do Rego publica o romance *Fogo morto*.
– Clarice Lispector estreia na literatura com o romance *Perto do coração selvagem*.
– Fernando de Azevedo publica o livro *A cultura brasileira*, síntese histórica do processo de formação da cultura e educação brasileira.
– Cassiano Ricardo publica *Marcha para o Oeste*, ensaio literário sobre os bandeirantes paulistas.
– Nelson Rodrigues estreia sua peça *Vestido de noiva*, no Rio de Janeiro, com direção de Zbigniew Ziembinski.
– Oswald de Andrade publica *Marco zero I: a revolução melancólica*. O segundo volume, *Chão*, sairá em 1945.
– Gastão Cruls publica *Hileia amazônica*, ensaio-painel sobre a Amazônia brasileira.
– Arthur Ramos publica o primeiro volume da *Introdução à antropologia brasileira*. O segundo volume sairá em 1947.
– Álvaro Lins inicia a publicação da série *Jornal de Crítica*, que chegará a dez volumes.

Vida nacional:

– Getúlio Vargas e Franklin Roosevelt se reúnem na Base Aérea de Natal (RN) e discutem a participação brasileira na Segunda Guerra Mundial.
– Promulgação da Consolidação das Leis do Trabalho (CLT).
– Inauguração do edifício do Ministério da Educação, no Rio de Janeiro, marco da arquitetura modernista brasileira. Denomina-se, hoje, Palácio Gustavo Capanema.
– Criação da Companhia Nacional de Álcalis e da Fábrica Nacional de Motores, montadora do famoso caminhão "Fenemê".

– Oscar Niemeyer, contratado pelo prefeito de Belo Horizonte, Juscelino Kubitschek, projeta o conjunto arquitetônico da Pampulha.
– Criação dos territórios federais do Amapá, desmembrado do Pará, e Roraima, desmembrado do Amazonas.
– O governo de Getúlio Vargas dá início ao desbravamento do Brasil Central através da "Marcha para o Oeste", comandada por João Alberto, revolucionário de 1930.
– O modernismo chega à Bahia através do Movimento Vanguardista, liderado por Mário Cravo, Carybé, José Pancetti, Genaro de Carvalho, Jenner Augusto e José Rescala.
– Abrem-se, no Rio de Janeiro, vários cassinos, com jogos de azar e shows de vedetes.
– Irmãos Cláudio, Orlando e Leonardo Villas-Bôas comandam a Expedição Roncador-Xingu, para contatar grupos indígenas isolados.

Mundo:

– Golpe militar na Argentina. O então coronel Juan Domingo Perón cria e assume a Secretaria de Trabalho e Previsão. Durante a ditadura, ele também será nomeado ministro da Guerra e vice-presidente da República.
– Queda de Benito Mussolini, *Il Duce*, e rendição da Itália, ante as tropas aliadas na Segunda Guerra Mundial, comandadas pelo general americano Dwight Eisenhower.

1944

CDA:

– Publica *Confissões de Minas*, a pedido de Álvaro Lins, pela editora Americ.

– Concede longa entrevista a Homero Senna, publicada em *O Jornal* e incluída no livro *República das Letras*.

Literatura brasileira:

– Sérgio Milliet publica o primeiro volume de seu *Diário crítico*.
– Gustavo Corção publica *A descoberta do outro*.
– Edgard Cavalheiro publica *Testamento de uma geração*, coletânea de depoimentos de participantes do movimento modernista de 1922.
– Manuel Bandeira publica *Poesias completas*, pela editora Americ.

Vida nacional:

– Inauguração da avenida Presidente Vargas, no Rio de Janeiro.
– Criação da Fundação Getulio Vargas (FGV), no Rio de Janeiro.
– Brasil assina o acordo de Bretton Woods, que estabelece regras para o sistema monetário internacional.
– Criação do Instituto Técnico de Alimentação, por Josué de Castro, autor do livro *Geografia da fome*, a ser publicado em 1946.
– Leôncio Basbaum, do Partido Comunista Brasileiro (PCB), funda a editora Vitória, para publicar obras doutrinárias.
– Criação do Plano Rodoviário Nacional.
– Abdias do Nascimento cria o Teatro Experimental do Negro, para dar voz aos brasileiros afrodescendentes e combater o preconceito.
– Criação, em Fortaleza, da Sociedade Cearense de Artes Plásticas (SCAP), na qual despontam os pintores Aldemir Martins e Antônio Bandeira.

Mundo:

– "Dia D" da Segunda Guerra Mundial, quando milhares de combatentes aliados desembarcam na Normandia.
– Paris é libertada da ocupação alemã. O general De Gaulle é nomeado chefe supremo da França livre.

– Criação do Banco Mundial (BIRD) e do Fundo Monetário Internacional (FMI).
– Japão adota a tática suicida camicase para atacar forças americanas na Segunda Guerra Mundial.

1945

CDA:

– Escreve o poema "Mário de Andrade desce aos infernos", em homenagem ao amigo falecido no dia 25 de fevereiro.
– Publica o livro *A rosa do povo*, pela Editora José Olympio.
– Publica, pela Editora Horizonte, a novela *O gerente*, depois incluída no livro *Contos de aprendiz*.
– Colabora no jornal *Folha Carioca* e no suplemento literário do *Correio da Manhã*.
– Falece sua irmã Rosa, em São João del Rey, no dia 5 de fevereiro.
– Deixa a chefia de gabinete do ministro da Educação e Saúde Pública, Gustavo Capanema.
– Visita Luís Carlos Prestes na prisão, quando é convidado a ser codiretor do diário comunista *Tribuna Popular*. Afasta-se do cargo meses depois, devido à censura imposta pela direção do jornal.
– Encontra-se com Pablo Neruda, que visita o Rio de Janeiro, ciceroneado por Vinicius de Moraes.
– A pedido de Prestes, é convidado, por Arruda Câmara e Pedro Pomar, a candidatar-se a deputado federal pelo PCB. Recusa de imediato.
– É nomeado para a Diretoria do Patrimônio Histórico e Artístico Nacional (DPHAN). Pouco depois, será promovido a chefe da Seção de História, na Divisão de Estudos e Tombamento.

– A convite de Américo Facó, e em companhia de Gastão Cruls e Prudente de Morais Neto, trabalha na frustrada remodelação do Departamento Nacional de Informações, antigo Departamento de Imprensa e Propaganda (DIP).

Literatura brasileira:

– Mário de Andrade publica o poema "Meditação sobre o Tietê" e falece pouco depois.
– Mario Neme publica *Plataforma da nova geração*, coletânea de entrevistas com 29 escritores e intelectuais.
– Cassiano Ricardo relança o livro *Martim Cererê*, de 1928, em edição ilustrada por Oswaldo Goeldi.

Vida nacional:

– Realiza-se, em São Paulo, o I Congresso Brasileiro de Escritores, em defesa das liberdades democráticas.
– Getúlio Vargas concede *habeas corpus* a Armando de Sales Oliveira, Otávio Mangabeira e outros exilados, permitindo-lhes o retorno ao país.
– Armando de Sales Oliveira e Otávio Mangabeira articulam a criação do partido União Democrática Nacional (UDN), de oposição ao governo Vargas.
– Decretada a anistia de todos os presos políticos, incluindo Luís Carlos Prestes.
– Getúlio Vargas é deposto, e o general Eurico Gaspar Dutra é eleito presidente da República.
– Fim do Departamento de Imprensa e Propaganda (DIP) e da censura aos meios de comunicação.
– Fundação do Partido Trabalhista Brasileiro (PTB), do Partido Social Democrático (PSD) e da União Democrática Nacional (UDN). Legalização do Partido Comunista Brasileiro (PCB).

– Inauguração da Ponte Internacional, em Uruguaiana, ligando Brasil e Argentina.

– Fundação da Confederação Geral dos Trabalhadores do Brasil (CGTB).

– Luiz Gonzaga e Humberto Teixeira gravam a música "Baião", que consagrou o ritmo: "Eu vou mostrar pra vocês / como se dança o baião..."

– Fundação do Instituto Rio Branco, pelo Ministério das Relações Exteriores, para a formação de diplomatas.

– Mário Pedrosa lança o semanário *Vanguarda Socialista*, para dar voz aos trotskistas e à ala dissidente do PCB.

Mundo:

– Abertura da Conferência de Yalta, com Roosevelt, Stalin e Churchill.

– Ocupada por tropas aliadas, a Alemanha é dividida em quatro regiões, sob a responsabilidade da França, Estados Unidos, Inglaterra e União Soviética.

– Estados Unidos lançam bombas atômicas sobre as cidades japonesas de Hiroshima e Nagasaki, que matam mais de 200 mil pessoas. Semanas depois, a Segunda Guerra Mundial chega ao fim.

– Criação da Organização das Nações Unidas (ONU).

– O povo judeu reivindica a criação do Estado de Israel.

– Proclamada a independência do Vietnã, por Ho Chi Minh.

– Após a morte de Franklin Roosevelt, Harry Truman assume a presidência dos EUA.

– Criação da Liga dos Estados Árabes, com sede no Cairo.

1946

CDA:

– Recebe o prêmio da Sociedade Felipe d'Oliveira, pelo conjunto da obra.

– Aos 17 anos de idade, sua filha Maria Julieta publica, pela Editora José Olympio, a novela *A busca*, com prefácio de Aníbal Machado.

– É convidado por João Cabral de Melo Neto para padrinho de seu casamento com Stella Maria.

– Concede, a José Condé, a entrevista "Vida literária: a forma na poesia moderna", publicada no *Correio da Manhã*, em 25 de agosto.

Literatura brasileira:

– Lançamento das *Obras completas de Monteiro Lobato*, pela Editora Brasiliense, de Caio Prado Júnior.

– Herbert Baldus publica a antologia *Lendas dos índios*, na linguagem em que foram colhidas.

– João Condé inicia a publicação de seus *Arquivos implacáveis*, no suplemento *Letras e Artes* do jornal *A Manhã*.

– João Guimarães Rosa publica a coletânea de contos *Sagarana*, pela Editora Universal.

Vida nacional:

– Entra em funcionamento a Companhia Siderúrgica Nacional, em Volta Redonda (RJ).

– Governo Dutra decreta fim dos cassinos e do jogo do bicho.

– Promulgada a nova Constituição, que estabelece o retorno à democracia.

– Criação do Serviço Social da Indústria (Sesi).

– David Nasser publica o livro *Falta alguém em Nuremberg,* com acusações a Filinto Müller, chefe da polícia na ditadura do governo Vargas.
– O Serviço de Proteção aos Índios (SPI) estabelece contato com os xavantes.
– Criação do Partido Socialista Brasileiro (PSB) por uma ala da esquerda da União Democrática Nacional (UDN).

Mundo:

– Realizada a primeira Assembleia Geral da ONU.
– Juan Domingo Perón é eleito presidente da Argentina.
– Lançado o biquíni, em Paris.
– Cúpula do Terceiro Reich é condenada à morte pelo Tribunal de Nuremberg.
– Proclamação da República Popular da Albânia.
– Proclamação da República da Hungria.
– O escritor alemão Hermann Hesse recebe o Prêmio Nobel de Literatura.
– Apresentação do primeiro relógio atômico, desenvolvido pelo Instituto Nacional de Padrões e Tecnologia, nos Estados Unidos.
– Criação da Organização das Nações Unidas para Educação, Ciência e Cultura (Unesco), em Paris.

1947

CDA:

– Publicação de *As relações perigosas,* sua tradução de *Les liaisons dangereuses,* de Choderlos de Laclos, na coleção Biblioteca dos Séculos, da Editora Globo.

– Prepara a delegação carioca para o II Congresso de Escritores, em Belo Horizonte, e integra a comissão de política do evento.

Literatura brasileira:

– Joaquim Cardozo, poeta e calculista de estrutura dos prédios de Oscar Niemeyer, publica o livro *Poemas*.
– Oswald de Andrade publica os livros de poesia *O cavalo azul* e *Manhã*.
– Murilo Mendes publica o livro *Poesia liberdade*.
– João Cabral de Melo Neto publica o livro *Psicologia da composição*.

Vida nacional:

– Partido Comunista Brasileiro (PCB) é cassado pelo governo Dutra e volta à ilegalidade.
– Inauguração da Via Anchieta, ligando São Paulo a Santos.
– Fundação do Museu de Arte de São Paulo (MASP).
– Criada, no Itamaraty, a Comissão Nacional de Folclore.
– O Brasil rompe relações diplomáticas com a União Soviética.

Mundo:

– O embaixador brasileiro Oswaldo Aranha preside a sessão da Assembleia Geral da ONU que divide a Palestina entre árabes e judeus, criando o Estado de Israel.
– Início da guerra fria entre Estados Unidos e URSS.
– Índia e Paquistão tornam-se nações independentes.
– Sanciona-se, na Argentina, a lei do voto feminino, cujo relator é o deputado Manuel Graña Etcheverry, futuro genro de Drummond.
– Cria-se, nos Estados Unidos, a Agência Central de Inteligência (CIA).

1948

CDA:

– Publica a antologia *Poesia até agora*, pela Editora José Olympio.
– Publica a coletânea *Novos poemas*, pela Editora José Olympio.
– Com o pseudônimo Policarpo Quaresma Neto, assina a seção "Através dos livros" no suplemento Letras e Artes do jornal *A Manhã*, do Rio de Janeiro.
– Colabora no semanário *Política e Letras*, sediado no Rio de Janeiro e dirigido por Odylo Costa Filho, jornalista que se destacara na oposição ao Estado Novo.
– Sua mãe deixa o hospital São Lucas, em março, e retorna a Itabira, onde falece, em 29 de dezembro. Coincidentemente, por ocasião do funeral, é executada, no Theatro Municipal do Rio de Janeiro, a peça "Poema de Itabira", de Villa-Lobos, composta a partir do poema de Drummond "Viagem na família". Sobre a mãe, o poeta escreveria: "A falta que me fazes não é tanto / à hora de dormir, quando dizias / 'Deus te abençoe', e a noite abria em sonho. / É quando, ao despertar revejo a um canto / a noite acumulada de meus dias, / e sinto que estou vivo, e que não sonho" (do poema "Carta", em *Lição de coisas*).
– Concede a entrevista "Confidências do itabirano" a José Condé, publicada no *Correio da Manhã* (RJ) em 5 de setembro.

Literatura brasileira:

– Mário Quintana publica o livro de poemas *Sapato florido*.
– Manuel Bandeira publica os livros de poemas *Belo belo* e *Mafuá do malungo*.
– Guilherme Figueiredo publica a peça teatral *Lady Godiva*.

Vida nacional:

– Parlamentares eleitos pelo Partido Comunista Brasileiro (PCB), entre eles Jorge Amado, perdem seus mandatos, devido à cassação do partido.
– Fundação da Sociedade Brasileira para o Progresso da Ciência (SBPC).
– Campanha "O Petróleo é Nosso" estimula o sentimento nacionalista.
– Criação do Teatro Brasileiro de Comédia (TBC), em São Paulo.

Mundo:

– Mahatma Gandhi é assassinado na Índia.
– Corte Suprema dos Estados Unidos proclama a igualdade entre brancos e negros.
– Divisão da Coreia em dois países: Coreia do Sul, apoiada pelos Estados Unidos, e Coreia do Norte, apoiada pela União Soviética.
– Cria-se a Organização Mundial da Saúde (OMS).
– Cria-se a Organização dos Estados Americanos (OEA).
– Início da guerra árabe-israelense.
– Mao Tsé-tung, líder do movimento revolucionário comunista, cruza a Muralha da China e avança em direção a Nanjing e Shanghai.
– Harry S. Truman é eleito presidente dos Estados Unidos.
– Promulgada pela ONU a Declaração Universal dos Direitos Humanos. Um dos signatários é o jornalista brasileiro Austregésilo de Athayde.
– O general Manuel Arturo Odría lidera golpe e instaura uma ditadura no Peru. Fica no poder até 1956.
– Guerra civil na Colômbia provoca centenas de mortes.

BIBLIOGRAFIA DE
CARLOS DRUMMOND DE ANDRADE

POESIA:

Alguma poesia. Belo Horizonte: Edições Pindorama, 1930.
Brejo das almas. Belo Horizonte: Os Amigos do Livro, 1934.
Sentimento do mundo. Rio de Janeiro: Pongetti, 1940.
Poesias. Rio de Janeiro: José Olympio, 1942. [*Alguma poesia, Brejo das almas, Sentimento do mundo, José.*]*
A rosa do povo. Rio de Janeiro: José Olympio, 1945.
Poesia até agora. Rio de Janeiro: José Olympio, 1948. [*Alguma poesia, Brejo das almas, Sentimento do mundo, José, A rosa do povo, Novos poemas.*]
Claro enigma. Rio de Janeiro: José Olympio, 1951.
Viola de bolso. Rio de Janeiro: Serviço de Documentação do MEC, 1952.
Fazendeiro do ar & Poesia até agora. Rio de Janeiro: José Olympio, 1954.
Viola de bolso novamente encordoada. Rio de Janeiro: José Olympio, 1955.

* A presente bibliografia de Carlos Drummond de Andrade restringe-se às primeiras edições de seus livros, excetuando obras renomeadas. Nos casos em que os livros não tiveram primeira edição independent, os respectivos títulos aparecem entre colchetes, juntamente com os demais a compor a coletânea na qual vieram a público pela primeira vez. [*N. do E.*]

50 poemas escolhidos pelo autor. Rio de Janeiro: Serviço de Documentação do MEC, 1956.

Poemas. Rio de Janeiro: José Olympio, 1959. [*Alguma poesia, Brejo das almas, Sentimento do mundo, José, A rosa do povo, Novos poemas, Claro enigma, Fazendeiro do ar* e *A vida passada a limpo*.]

Antologia poética. Rio de Janeiro: Editora do Autor, 1962.

Lição de coisas. Rio de Janeiro: José Olympio, 1962.

José & outros. Rio de Janeiro: José Olympio, 1967. [*José, Novos poemas, Fazendeiro do ar, A vida passada a limpo, 4 poemas, Viola de bolso II*.]

Versiprosa. Rio de Janeiro: José Olympio, 1967.

Boitempo & A falta que ama. [(*In*) *Memória – Boitempo I*.] Rio de Janeiro: Sabiá, 1968.

Reunião: 10 livros de poesia. Introdução de Antonio Houaiss. Rio de Janeiro: José Olympio, 1969. [*Alguma poesia, Brejo das almas, Sentimento do mundo, José, A rosa do povo, Novos poemas, Claro enigma, Fazendeiro do ar, A vida passada a limpo, Lição de coisas* e *4 poemas*.]

As impurezas do branco. Rio de Janeiro: José Olympio, 1973.

Menino antigo (*Boitempo II*). Rio de Janeiro: José Olympio; Brasília: Instituto Nacional do Livro, 1973.

Esquecer para lembrar (*Boitempo III*). Rio de Janeiro: José Olympio, 1979.

A paixão medida. Ilustrações de Emeric Marcier. Rio de Janeiro: Alumbramento, 1980.

Nova reunião: 19 livros de poesia. 2 vols. Rio de Janeiro: José Olympio; Brasília: Instituto Nacional do Livro, 1983.

O elefante. Ilustrações de Regina Vater. Rio de Janeiro: Record, 1983.

Corpo. Ilustrações de Carlos Leão. Rio de Janeiro: Record, 1984.

Amar se aprende amando. Capa de Anna Leticya. Rio de Janeiro: Record, 1985.

Boitempo I e II. Rio de Janeiro: Record, 1987.
Poesia errante: derrames líricos (e outros nem tanto, ou nada). Rio de Janeiro: Record, 1988.
O amor natural. Ilustrações de Milton Dacosta. Rio de Janeiro: Record, 1992.
Farewell. Vinhetas de Pedro Augusto Graña Drummond. Rio de Janeiro: Record, 1996.
Poesia completa: volume único. Fixação de texto e notas de Gilberto Mendonça Teles. Introdução de Silviano Santiago. Rio de Janeiro: Nova Aguilar, 2002.
Declaração de amor, canção de namorados. Organização de Pedro Augusto Graña Drummond e Luis Mauricio Graña Drummond. Rio de Janeiro: Record, 2005.
Versos de circunstância. Organização de Eucanaã Ferraz. São Paulo: Instituto Moreira Salles, 2011.
Nova reunião: 23 livros de poesia. 3 vols. Rio de Janeiro: BestBolso, 2013.

CONTO:

O gerente. Rio de Janeiro: Horizonte, 1945.
Contos de aprendiz. Rio de Janeiro: José Olympio, 1951.
70 historinhas. Rio de Janeiro: José Olympio, 1978.
Contos plausíveis. Ilustrações de Irene Peixoto e Márcia Cabral. Rio de Janeiro: José Olympio; Editora JB, 1981.
Histórias para o rei. Rio de Janeiro: Record, 1997.

CRÔNICA:

Fala, amendoeira. Rio de Janeiro: José Olympio, 1957.
A bolsa & a vida. Rio de Janeiro: Editora do Autor, 1962.

Para gostar de ler. Com Fernando Sabino, Paulo Mendes Campos e Rubem Braga. Rio de Janeiro: Editora do Autor, 1962.

Quadrante. Com Cecília Meireles, Dinah Silveira de Queiroz, Fernando Sabino, Manuel Bandeira, Paulo Mendes Campos e Rubem Braga. Rio de Janeiro: Editora do Autor, 1962.

Quadrante II. Com Cecília Meireles, Dinah Silveira de Queiroz, Fernando Sabino, Manuel Bandeira, Paulo Mendes Campos e Rubem Braga. Rio de Janeiro: Editora do Autor, 1962.

Cadeira de balanço. Rio de Janeiro: José Olympio, 1966.

Caminhos de João Brandão. Rio de Janeiro: José Olympio, 1970.

O poder ultrajovem. Rio de Janeiro: José Olympio, 1972.

De notícias & não notícias faz-se a crônica: histórias, diálogos, divagações. Rio de Janeiro: José Olympio, 1974.

Os dias lindos. Rio de Janeiro: José Olympio, 1977.

Crônica das favelas cariocas. Rio de Janeiro: [edição particular], 1981.

Boca de luar. Rio de Janeiro: Record, 1984.

Crônicas 1930-1934. Crônicas de Drummond assinadas com os pseudônimos Antônio Crispim e Barba Azul. *Revista do Arquivo Público Mineiro*, Belo Horizonte, ano XXXV, 1984.

Moça deitada na grama. Rio de Janeiro: Record, 1987.

Autorretrato e outras crônicas. Seleção de Fernando Py. Rio de Janeiro: Record, 1989.

Quando é dia de futebol. Organização de Pedro Augusto Graña Drummond e Luis Mauricio Graña Drummond. Rio de Janeiro: Record, 2002.

Receita de Ano Novo. Organização de Pedro Augusto Graña Drummond e Luis Mauricio Graña Drummond. Ilustrações de Mariana Massarani. Rio de Janeiro: Record, 2008.

OBRA REUNIDA:

Obra completa. Estudo crítico de Emanuel de Moraes, fortuna crítica, cronologia e bibliografia. Rio de Janeiro: Nova Aguilar, 1964.
Poesia completa e prosa. Estudo crítico de Emanuel de Moraes, fortuna crítica, cronologia e bibliografia. Rio de Janeiro: Nova Aguilar, 1973.
Poesia e prosa. Estudo crítico de Emanuel de Moraes, fortuna crítica, cronologia e bibliografia. Rio de Janeiro: Nova Aguilar, 1979.

ENSAIO E CRÍTICA:

Confissões de Minas. Rio de Janeiro: Americ-Edit, 1944.
García Lorca e a cultura espanhola. Rio de Janeiro: Ateneu Garcia Lorca, 1946.
Passeios na ilha: divagações sobre a vida literária e outras matérias. Rio de Janeiro: Simões, 1952.
O observador no escritório. Rio de Janeiro: Record, 1985.
O avesso das coisas: aforismos. Ilustrações de Jimmy Scott. Rio de Janeiro: Record, 1987.
Conversa de livraria 1941 e 1948. Reunião de textos assinados sob os pseudônimos de O Observador Literário e Policarpo Quaresma, Neto. Porto Alegre: AGE; São Paulo: Giordano, 2000.
Amor nenhum dispensa uma gota de ácido: escritos de Carlos Drummond de Andrade sobre Machado de Assis. Organização de Hélio de Seixas Guimarães. São Paulo: Três Estrelas, 2019.

INFANTIL:

O pipoqueiro da esquina. Ilustrações de Ziraldo. Rio de Janeiro: Codecri, 1981.
História de dois amores. Ilustrações de Ziraldo. Rio de Janeiro: Record, 1985.

O sorvete e outras histórias. São Paulo: Ática, 1993.
A cor de cada um. Rio de Janeiro: Record, 1996.
A senha do mundo. Rio de Janeiro: Record, 1996.
Criança dagora é fogo. Rio de Janeiro: Record, 1996.
Vó caiu na piscina. Rio de Janeiro: Record, 1996.
Rick e a girafa. Ilustrações de Maria Eugênia. São Paulo: Ática, 2001.
Menino Drummond. Ilustrações de Angela Lago. São Paulo: Companhia das Letrinhas, 2021.
O gato solteiro e outros bichos. Organização de Pedro Augusto Graña Drummond. Rio de Janeiro: Record, 2022.

BIBLIOGRAFIA SOBRE CARLOS DRUMMOND DE ANDRADE (SELETA)

ACHCAR, Francisco. *A rosa do povo & Claro enigma*: roteiro de leitura. São Paulo: Ática, 1993.

AGUILERA, Maria Veronica Silva Vilariño. *Carlos Drummond de Andrade*: a poética do cotidiano. Rio de Janeiro: Expressão e Cultura, 2002.

AMZALAK, José Luiz. *De Minas ao mundo vasto mundo*: do provinciano ao universal na poética de Carlos Drummond de Andrade. São Paulo: Navegar, 2003.

ANDRADE, Carlos Drummond; SARAIVA, Arnaldo (orgs.). *Uma pedra no meio do caminho*: biografia de um poema. Apresentação de Arnaldo Saraiva. Rio de Janeiro: Editora do Autor, 1967.

ARQUIVO-MUSEU DE LITERATURA BRASILEIRA. *Inventário do Arquivo Carlos Drummond de Andrade*. Apresentação de Eliane Vasconcelos. Rio de Janeiro: Fundação Casa de Rui Barbosa, 1998.

ARRIGUCCI JR., Davi. *Coração partido*: uma análise da poesia reflexiva de Drummond. São Paulo: Cosac Naify, 2002.

BARBOSA, Rita de Cássia. *Poemas eróticos de Carlos Drummond de Andrade*. São Paulo: Ática, 1987.

BISCHOF, Betina. *Razão da recusa*: um estudo da poesia de Carlos Drummond de Andrade. São Paulo: Nankin, 2005.

BOSI, Alfredo. *Três Leituras*: Machado, Drummond, Carpeaux. São Paulo: 34, 2017.

BRASIL, Assis. *Carlos Drummond de Andrade*: ensaio. Rio de Janeiro: Livros do Mundo Inteiro, 1971.

BRAYNER, Sônia (org.). *Carlos Drummond de Andrade*. Coleção Fortuna Crítica 1. Rio de Janeiro: Civilização Brasileira, 1977.

CAMILO, Vagner. *Drummond*: da rosa do povo à rosa das trevas. São Paulo: Ateliê, 2001.

CAMINHA, Edmílson. (org.). *Drummond*: a lição do poeta. Teresina: Corisco, 2002.

_____. *O poeta Carlos & outros Drummonds*. Brasília: Thesaurus, 2017.

CAMPOS, Haroldo de. *A máquina do mundo repensada*. São Paulo: Ateliê, 2000.

CAMPOS, Maria José. *Drummond e a memória do mundo*. Belo Horizonte: Anome Livros, 2010.

CANÇADO, José Maria. *Os sapatos de Orfeu*: biografia de Carlos Drummond de Andrade. São Paulo: Scritta, 1993.

CARVALHO, Leda Maria Lage. *O afeto em Drummond*: da família à humanidade. Itabira: Dom Bosco, 2007.

CHAVES, Rita. *Carlos Drummond de Andrade*. São Paulo: Scipione, 1993.

COÊLHO, Joaquim-Francisco. *Terra e família na poesia de Carlos Drummond de Andrade*. Belém: Universidade Federal do Pará, 1973.

CORREIA, Marlene de Castro. *Drummond*: a magia lúcida. Rio de Janeiro: Jorge Zahar, 2002.

COSTA, Francisca Alves Teles. *O constante diálogo na poesia de Carlos Drummond de Andrade*. Fortaleza: Secretaria de Cultura e Desporto, 1987.

COUTO, Ozório. *A mesa de Carlos Drummond de Andrade*. Ilustrações de Yara Tupynambá. Belo Horizonte: ADI Edições, 2011.

CRUZ, Domingos Gonzalez. *No meio do caminho tinha Itabira*: a presença de Itabira na obra de Carlos Drummond de Andrade. Rio de Janeiro: Achiamé; Calunga, 1980.

CUNHA, Maria Antonieta Antunes. *O discurso indireto livre em Carlos Drummond de Andrade*. Belo Horizonte: Imprensa Oficial, 1971.

_____. *Carlos Drummond de Andrade*. São Paulo: Moderna, 2006.

CURY, Maria Zilda Ferreira. *Horizontes modernistas*: o jovem Drummond e seu grupo em papel jornal. Belo Horizonte: Autêntica, 1998.

DALL'ALBA, Eduardo. *Drummond*: a construção do enigma. Caxias do Sul: EDUCS, 1998.

_____. *Noite e música na poesia de Carlos Drummond de Andrade*. Porto Alegre: AGE, 2003.

DIAS, Márcio Roberto Soares. *Da cidade ao mundo*: notas sobre o lirismo urbano de Carlos Drummond de Andrade. Vitória da Conquista: Edições UESB, 2006.

FERREIRA, Diva. *De Itabira... um poeta*. Itabira: Saitec Editoração, 2004.

GALDINO, Márcio da Rocha. *O cinéfilo anarquista*: Carlos Drummond de Andrade e o cinema. Belo Horizonte: BDMG, 1991.

GARCIA, Nice Seródio. *A criação lexical em Carlos Drummond de Andrade*. Rio de Janeiro: Rio, 1977.

GARCIA, Othon Moacyr. *Esfinge clara*: palavra-puxa-palavra em Carlos Drummond de Andrade. Rio de Janeiro: São José, 1955.

GLEDSON, John. *Poesia e poética de Carlos Drummond de Andrade*. Tradução do autor. São Paulo: Duas Cidades, 1982.

_____. *Influências e impasses:* Drummond e alguns contemporâneos. São Paulo: Companhia das Letras, 2003.

GUIMARÃES, Júlio Castañon. *Distribuição de papéis*: Murilo Mendes escreve a Carlos Drummond de Andrade e a Lúcio Cardoso. Rio de Janeiro: Fundação Casa de Rui Barbosa, 1996.

GUIMARÃES, Raquel Beatriz Junqueira. *Pedro Nava, leitor de Drummond*. Campinas: Pontes, 2002.

HOUAISS, Antonio. *Drummond mais seis poetas e um problema*. Rio de Janeiro: Imago, 1976.

INOJOSA, Joaquim. *Os Andrades e outros aspectos do Modernismo*. Rio de Janeiro: Civilização Brasileira, 1975.

KINSELLA, John. *Diálogo de conflito*: a poesia de Carlos Drummond de Andrade. Natal: Editora da UFRN, 1995.

LAUS, Lausimar. *O mistério do homem na obra de Drummond*. Rio de Janeiro: Tempo Brasileiro; Brasília: Instituto Nacional do Livro, 1978.

LIMA, Mirella Vieira. *Confidência mineira*: o amor na poesia de Carlos Drummond de Andrade. Campinas: Pontes; São Paulo: EDUSP, 1995.

LINHARES FILHO. *O amor e outros aspectos em Drummond*. Fortaleza: Editora UFC, 2002.

LOPES, Carlos Herculano. *O vestido*. São Paulo: Geração Editorial, 2004.

LUCAS, Fábio. *O poeta e a mídia*: Carlos Drummond de Andrade e João Cabral de Melo Neto. São Paulo: Senac, 2003.

MAIA, Maria Auxiliadora. *Viagem ao mundo gauche de Drummond*. Salvador: Edição da autora, 1984.

MALARD, Letícia. *No vasto mundo de Drummond*. Belo Horizonte: Editora UFMG, 2005.

MARIA, Luzia de. *Drummond*: um olhar amoroso. Rio de Janeiro: Léo Christiano Editorial, 1998.

MARQUES, Ivan. *Cenas de um modernismo de província*: Drummond e outros rapazes de Belo Horizonte. São Paulo: 34, 2011.

MARTINS, Hélcio. *A rima na poesia de Carlos Drummond de Andrade*. Introdução de Antonio Houaiss. Rio de Janeiro: José Olympio, 1968.

MARTINS, Maria Lúcia Milléo. *Duas artes*: Carlos Drummond de Andrade e Elizabeth Bishop. Belo Horizonte: Editora UFMG, 2006.

MELO, Tarso de; STERZI, Eduardo. *7 X 2 (Drummond em retrato)*. Santo André: Alpharrabio, 2002.

MERQUIOR, José Guilherme. *Verso universo em Drummond*. Tradução de Marly de Oliveira. Rio de Janeiro: José Olympio, 1975.

MICELI, Sergio. *Lira mensageira*: Drummond e o grupo modernista mineiro. São Paulo: Todavia, 2022.

MONTEIRO, Salvador; KAZ, Leonel (orgs.). *Drummond frente e verso*: fotobiografia de Carlos Drummond de Andrade. Rio de Janeiro: Alumbramento; Livroarte, 1989.

MORAES, Emanuel de. *Drummond rima Itabira mundo*. Rio de Janeiro: José Olympio, 1972.

MORAES, Lygia Marina. *Conheça o escritor brasileiro Carlos Drummond de Andrade*. Rio de Janeiro: Record, 1977.

MORAES NETO, Geneton. *O dossiê Drummond*. São Paulo: Globo, 1994.

MOTTA, Dilman Augusto. *A metalinguagem na poesia de Carlos Drummond de Andrade*. Rio de Janeiro: Presença, 1976.

NOGUEIRA, Lucila. *Ideologia e forma literária em Carlos Drummond de Andrade*. Recife: Fundarpe, 1990.

PY, Fernando. *Bibliografia comentada de Carlos Drummond de Andrade (1918-1930)*. Rio de Janeiro: José Olympio; Brasília: Instituto Nacional do Livro, 1980.

ROSA, Sérgio Ribeiro. *Pedra engastada no tempo*: ao cinquentenário do poema de Carlos Drummond de Andrade. Porto Alegre: Cultura Contemporânea, 1978.

SAID, Roberto. *A angústia da ação*: poesia e política em Drummond. Curitiba: Editora UFPR; Belo Horizonte: Editora UFMG, 2005.

SANT'ANNA, Affonso Romano de. *Drummond, o gauche no tempo*. Rio de Janeiro: Lia Editor; Instituto Nacional do Livro, 1972.

SANTIAGO, Silviano. *Carlos Drummond de Andrade*. Petrópolis: Vozes, 1976.

SANTOS, Vivaldo Andrade dos. *O trem do corpo*: estudo da poesia de Carlos Drummond de Andrade. São Paulo: Nankin, 2006.

SCHÜLER, Donaldo. *A dramaticidade na poesia de Drummond*. Porto Alegre: URGS, 1979.

SILVA, Sidimar. *A poeticidade na crônica de Drummond*. Goiânia: Kelps, 2007.

SIMON, Iumna Maria. *Drummond*: uma poética do risco. São Paulo: Ática, 1978.

SÜSSEKIND, Flora. *Cabral – Bandeira – Drummond*: alguma correspondência. Rio de Janeiro: Fundação Casa de Rui Barbosa, 1996.

SZKLO, Gilda Salem. *As flores do mal nos jardins de Itabira*: Baudelaire e Drummond. Rio de Janeiro: Agir, 1995.

TALARICO, Fernando Braga Franco. *História e poesia em Drummond*: A rosa do povo. Bauru: EDUSC, 2011.

TEIXEIRA, Jerônimo. *Drummond*. São Paulo: Abril, 2003.

_____. *Drummond cordial*. São Paulo: Nankin, 2005.

TELES, Gilberto Mendonça. *Drummond*: a estilística da repetição. Prefácio de Othon Moacyr Garcia. Rio de Janeiro: José Olympio, 1970.

VASCONCELLOS, Eliane. *O Arquivo-Museu de Literatura Brasileira*: um sonho drummondiano. Rio de Janeiro: Fundação Casa de Rui Barbosa, 2002.

VIANA, Carlos Augusto. *Drummond*: a insone arquitetura. Fortaleza: Editora UFC, 2003.

VIEIRA, Regina Souza. *Boitempo*: autobiografia e memória em Carlos Drummond de Andrade. Rio de Janeiro: Presença, 1992.

VILLAÇA, Alcides. *Passos de Drummond*. São Paulo: Cosac Naify, 2006.

WALTY, Ivete Lara Camargos; CURY, Maria Zilda Ferreira (orgs.). *Drummond*: poesia e experiência. Belo Horizonte: Autêntica, 2002.

WISNIK, José Miguel. *Maquinação do mundo*: Drummond e a mineração. São Paulo: Companhia das Letras, 2018.

YUNES, Eliana; BINGEMER, Maria Clara L. (orgs.). *Murilo, Cecília e Drummond*: 100 anos com Deus na poesia brasileira. São Paulo: Loyola, 2004.

ÍNDICE DE PRIMEIROS VERSOS

A chuva pingando, 129
A fuga do real, 59
A queixa, 65
Acordo para a morte, 109
As lições da infância, 132
Até hoje perplexo, 56
Carrego comigo, 21
Cólica premonitória, 73
Daqui a vinte anos farei teu poema, 174
De tudo ficou um pouco, 83
É a hora em que o sino toca, 25
É noite. Sinto que é noite, 40
É talvez o menino, 121
É um antigo, 165
Em verdade temos medo, 27
Entre mim e os mortos há o mar, 139
Era preciso que um poeta brasileiro, 179
Esperei (tanta espera), mas agora, 159
Estamos quites, irmão vingador, 67
Este é o tempo de partido, 30
Este retrato de família, 118
Este verso, apenas um arabesco, 57

Fabrico um elefante, 93
Guardei-me para a epopeia, 146
Há pouco leite no país, 97
Há uma hora triste, 42
Imenso trabalho nos custa a flor, 71
Já não há mãos dadas no mundo, 152
Manhã cedo passa, 62
Meus olhos são pequenos para ver, 155
Na noite sem lua perdi o chapéu, 66
Não faças versos sobre acontecimentos, 16
Não rimarei a palavra sono, 13
No país dos Andrades, onde o chão, 138
No quarto de hotel, 69
Nos áureos tempos, 47
Nossa mãe, o que é aquele, 86
O chinês deitado, 61
O rosto no travesseiro, 114
O último dia do ano, 38
Onde foi Troia, 58
Papel, 101
Pedra por pedra reconstruiremos a cidade, 151
Preso à minha classe e a algumas roupas, 19
Que a terra há de comer, 169
Sequer conheço Fulana, 76
Sinto que o tempo sobre mim abate, 135
Sou apenas um homem, 140
Stalingrado..., 148
Talvez uma sensibilidade maior ao frio, 162
Teu aniversário, no escuro, 125
Um inseto cava, 55

Um sabiá, 63
Vamos, não chores..., 116
Vi moças gritando, 51

Carlos Drummond de Andrade

Este livro foi composto na tipografia
Arno Pro, em corpo 11/14, e impresso em
papel off-white no Sistema Digital Instant Duplex
da Divisão Gráfica da Distribuidora Record.